Matthias Stührwoldt ist Bauer und Schriftsteller zugleich. Er wurde 1968 geboren, lebt mit seiner Frau und seinen fünf Kindern im schleswig-holsteinischen Stolpe und bewirtschaftet dort einen Biohof. In seinen Büchern erzählt er vom Leben auf dem Land und das mal hochdeutsch, mal plattdeutsch. »Ich glaube, ich wäre ein schlechterer Bauer, wenn ich nur Bauer wäre und ein schlechterer Autor, wenn ich nur Autor wäre.« Stührwoldt beschreibt seinen Alltag mit unerschütterlichem Humor. Neben Kühe melken und Gülle fahren, nimmt er sich auch immer wieder Zeit zum Schreiben. Seine Bücher heißen »Verliebt Trecker fahren«, »Schubkarrenrennen« oder aber »Nütz ja nix« (alle erschienen im ABL Bauernblatt Verlag GmbH). Im Quickbom-Verlag liegen mit »Schnack vernünfti mit mi ...«, »Lever he as ik!« und »Gassi gahn!« drei plattdeutsche Bücher vor, die auch als Hörbücher erschienen sind.

Matthias Stührwoldt

Dat blaue Band

Quickborn-Verlag

Die plattdeutsche Schreibweise des Autors
ist unverändert übernommen worden.

ISBN 978-3-87651-382-9

Umschlagfoto: Günter Pump, Nordhastedt
Gesamtherstellung: CPI – Clausen & Bosse GmbH, Leck
Der Umwelt zuliebe
auf chlorfrei gebleichtem Papier gedruckt
Printed in Germany

Inhalt

Beautiful Noise

Bit ik teihn Johr oolt weer, harr ik keen eegen Stuuv. Uns Buernhuus weer twars nich lütt, aver in ersten Stock weern blots twee Stuven utbuut; de Rest weer Spieker. De eene Stuuv boven weer Gästezimmer un meist lerdig – all poor Weken keem mien Tante Rosi ut Hamborg övert Wekenend un in Sommer dat Berliner Urlauberehepoor, dat eenmol bi unsen Hof op de Autobohn een Panne harr un denn glieks bleven un ümmer wedder komen is – de anner Stuuv harrn mien Broder un ik tosamen, bit he föffteihn un ik teihn weer. Denn hebbt mien Öllern noch twee Stuven op den Spieker utbuut, un ik kreeg endlich mien egen Revier. Wo heff ik mi darop freut!
Ik meen, en Jung vun teihn un en Jung vun föffteihn hebbt nu mol verscheden Interessen. Ik wull avends halvig negen schlopen, un mien Broder wull bit klock ölben luut Musik hören, op sien ersten Plattenspeler, de weer orange. So bün ik över Johrn mit lude Rockmusik inschlopen, mit Status Quo, AC / DC, Uriah Heep un Nazareth. Un mit een Single vun Neil Diamond, »What a beautiful noise!«.

De passte twars nich recht dartwüschen, aver mien Broder harr ehr nu mol. De funn ik besünners goot, dat weer nich son harten Rock. Ik kunn düt Leed utwendig in mien Phantasie-Engelsch. Jedenfalls weer dat in uns Stuuv jümmers luut, wenn ik inschleep, un ik kunn dat gor nich aftöven, bit dat niede Zimmer vun mien Broder fardig weer, darmit ik endlich in friedliche Stille to Loger krupen kunn.
Aver as dat sowiet weer, dar leeg ik in mien Bett un kunn nich schlopen. Ik heff mi hin un her wälzt un dörch de Muer horcht, wat mien Broder woll twee Stuven wieder op sien niede Stereoanlaag hören dä; de harr he sik vun sien Konfirmatschonsgeld köfft. Jichtens weer dat Klock teihn un ik weer sowat vun mööd. Ganz jammerig bün ik nah mien Broder hin gahn un heff em fraagt, of ik wohl bi em schlopen kunn, dat weer so liesen in mien Stuuv. Dat wull he nich, aver he harr een annere Idee. He geev mi sien orangen Plattenspeler – den hett he jo nich mehr bruukt – un de Single vun Neil Diamond, he sä, an de harr he sik sowieso överhöört.
Ik weer glücklich; an den Avend much ik mien Broder richtig geern. Nix as rin in mien Stuuv, Plattenspeler anschloten, Neil Diamond opleggt, maximale Luutstärke instellt, to Bett kropen, Ogen to. Endlich weer dat sowiet, un ik kunn opletzt schlopen. Danke, Neil Diamond. What a beautiful noise!

Chor singen oder wat?

As ik nah Plön int Gymnasium keem, weer ik teihn Johr oolt, un de eersten Weken in de School weern so'n richtigen Kulturschock för mi. In Stolpe in de Grundschool weern wi föfftig Kinner in twee Klassen, un nu, in Plön, weern dar 1100 Schöler un mehr Lehrers as wi in Stolpe Kinner harrn. Wi harrn alleen veer Parallelklassen, un welk vun de ölleren Schöler moken sik een Spoß darut, uns Lütte to argern.

De anderthalv Kilometer vun tohuus nah de Stolper School bün ik meist mit Rad föhrt; de achtteihn Kilometer nah Plön müss ik nu mit'n Bus föhrn. Dat geev morgens een Bus vun Nettelau – dat weer de nächste Bushaltesteed Richtung Plön – nah Plön, de güng viertel vör söven, un dat geev nahmeddags een Bus vun Plön nah Nettelau, halvig twee. Dartwüschen nix. Ok wenn ik nah de veerte Stünn üm viertel nah ölven Schluss harr, müss ik bit halvig twee töven. Över twee Stünnen in de grote Stadt. Ik meen, Plön is lütt, würklich lütt, aver wenn 'n ut Stolpe kümmt, is Plön een grote Stadt. Mien Mudder harr

Angst üm mi. Vör allem harr se Angst, ik kunn in de Stadt rümlungern un op de scheeve Bohn komen, villich dat Klauen anfangen.
Op den ersten Öllernavend in de School harrn de Klassenlehrer de Öllern vertellt, wat dat noch so för Angebote in de School geev, tosätzlich ton Ünnerricht. Dat geev Rudern, Segeln, Theoter un Chor, meist jedeen Dag een Aktivität. Rudern, Segeln un Theoter weer nahmeddags, un ik kunn darnah nich mehr nah Hus komen, aver Mudder sä, ik schull dingsdags nah den Chor hingahn, dat weer ehr lever as wenn ik dat Klauen anfangen dä. Also güng ik dingsdags nah den Chor.
In de erste Chorstünn weern dar 'n Barg niege frische Gören ut de föffte Klass. Wi seten in de Runde, un Herr Funke, de Chorleiter wull, dat jeder un jede nah vörn komen schull, seggen, worüm he oder se in Chor singen will un ton Schluss wat vörsingen. As ik an de Tour weer, heff ik seggt, mien Mudder hett seggt, ik schull lever in Chor singen as in de Stadt dat Klauen anfangen. Hüüt weet ik, dat dat nich de beste Bewerbungsreed weer, aver Mann, ik weer teihn Johr olt. Denn füng ik an to singen. Ik harr mi »Meister Jakob« utsöcht. Noch as ik süng, versteek Herr Funke sien Gesicht in siene Hannen, keek op den Footböön un schüttel den Kopp, nah dat Motto »Womit heff ik dat blots verdeent! Weer ik doch blots al doot!«

As ik fardig sungen harr, weer eerstmol Stille. Denn keek Herr Funke mi ganz ernst an un sä, dat ik neegste Week nich wedder komen un dat ik lever dat Klauen anfangen schull, villich kunn ik dat beter as singen.
Süh, dar weer mien Chorkarriere to End, un ik heff dat Klauen utprobeert. Dat kunn ik aver ok nich beter; se hebbt mi bit erste Mol faatkregen. Ik weer to nix to bruken. Darüm heff ik dat Schrieven anfungen.

De Doot un dat Leven

Dat is nu dörtig Johr her, dat mien Unkel Kalli storven is. Ik weer veerteihn Johr oolt, un ik wüss, dat he doot blieven wörr; dat harrn mien Öllern mi seggt. Un en Sünnavendmorgen in Oktober 1982 weer dat sowiet. Dat Telefon klingel, un mien Öllern seten an Fröhstücksdisch un weenten still. Ton ersten Mol weer een vun miene nächsten Verwandten storven, un ik kunn dat noch nich so richtig begriepen. Unkel Kalli weer doot, un dat dä mi weh, aver lang nich so weh as mien Öllern. Ik heff mi dat genau bekeken, wo dat weer, wo mien Ümgebung mit den Doot vun Kalli umgüng, un vun sien Doot heff ik veel över dat Leven lehrt.

Later den Dag weer ik inlaadt to een Teeavend bi miene Fründin Vera. Wi seten in ehr Stuuv in ersten Stock, dar weern meist föffteihn oder twintig Lüüd, halv Jungens, halv Deerns. De meisten darvun ut unse Konfer-Grupp. Wi weern jüst vörher, in de Harvstferien, op Konferfreizeit ween. Op Fehmarn. Dar harr ik anfungen, mi för Sonja to interesseren. Op de Nachtwanderung över Fehmarn weern wi

Hand in Hand lopen, un mi wörr hitt un kolt, wenn ik blots doran denk.
Dat weer de erste Teeavend, op den ik weer. Dar schullen noch veele annere komen, un eegentlich weer dat jümmer datsülvige. Man huuk tosamen, höör melancholische Musik, un dat röök nah Wildkirschen- oder Vanille-Tee.
Vera ehr Stuuv weer recht vull mit Lüüd, un rein tofällig keem ik achter Sonja to huken. In Schniedersitt seet se vör mi; ik leeg achter ehr, aver wi beröhrten uns nich. Mit een Mol güng dat Licht ut; Sonja leet sik nah achtern fallen, un plötzlich, ganz plötzlich harrn unse Lippen sik funnen, un Sonja ehr Tung keem mien Tähn un miene Tung besöken. Ik weer so överrascht un denn överwältigt. Dat weer dat Schönste, wat ik bit dorhin beleevt harr. Mi wörr hitt; mien Hart schlöög bit nah'n Hals, mien Bloot pulseer. Ik weer ant Leven, jawoll, ik weer ant Leven!
Denn güng dat Licht wedder an. Sonja scheet wedder hoch, un ik leeg dar; de Tung hüng mi noch ut den Hals. Franky, de vörher mit Sonja gahn weer – ik harr dacht, dat weer al lang ut – Franky fröög ganz luut: »Sag mal, Sonja, ist jetzt eigentlich Schluss oder was?« Un se anter ganz liesen: »Ja. Tut mir leid.« Franky stünn op un huul af, un för een halve Minut weer 'n ganz pienliche Stimmung in Vera ehr Stuuv. Denn güng dat Licht wedder ut, un Sonja full wed-

der nah achtern. Wi möken wieder, wo wi opholen harrn.
För söven Weken weer ik de Jung an Sonjas Siet. Se weer mien eerste Fründin, un de eerste Fründin hett in dat Leven vun een Kerdl jümmer een ganz besünneren Platz. Ik warr düsse söven Weken nich vergeten. Wi drunken Tee, wi küssten uns, wi hüngen in de Bushaltesteed af, un een Mol weer ik kort darvör, mien Hand ünner ehren Pulli to schuven, aver denn weer Schluss, un dat mit de Hand ünner den Pulli hett mien Kumpel Christoph för mi övernohmen.
Tscha, so weer dat an düssen Dag. Sünnavend, de 16. Oktober 1982. Mien Unkel Kalli bleev doot, un ik weer so wat vun ant Leven. Ik harr nich mit em tuschen wullt. Aver de Dag warrt komen, dar bliev ik doot, un een Jung jichtenswo kriggt den ersten Tungenkuss. So is dat Leven, un de Doot höört darto.

Dat Mixtape

Ik weet, en schall nich jümmer seggen, dat fröher allens beter weer. Dat is jo ok Quatsch. Liekers gifft dat so Saken, de ik vermissen do. So is dat ton Bispeel mit de Mixtapes. Darbi is dat gor nich mol de Technik; ik meen, is doch schöön, dat en int Auto keen Kassettenspeler mit inbuten Kabelsalat mehr hett. Wat ik aver vermiss, dat is dat Mixtape-Opnehmen un -Verschenken.

Dat köönt de jungen Lüüd sik hüüt jo gor nich mehr vörstellen, wat vun Bedüden Musik fröher för de Identität harr, un wo schwor dat ween kunn, an de richtigen Platten to komen. Un woveel Sorgfalt un Toneigung un Leevde en in de Tosamenstellung vun een Mixtape leggen kunn, dat man sien Schwarm schenken wull. Son Kassette, dat weer nich mol eben so, ton Wegschmieten, as een brennte CD. Nee, wekenlang güng ik darmit schwanger, höör mi dörch mien Platten, heff de richtigen Stücken utsöcht, heff överleggt, welket Stück an Anfang, in de Mitt, an End passen wörr un ton Schluss noch een godet Cover tosamenbastelt. Dor heff ik denn mit den besten

Füller op schreven. Un as se opletzt fardig weer, denn in richtigen Momang un ganz nevenbi un bescheden, aver charmant övergeven.
Mien Meisterstück weer mien Mixtape för mien Fru, in Mai 1990. Darmols weer se noch nich mien Fru; wi weern blots Arbeitskollegen. Se harr een Fründ, aver mit den weer se nich glücklich. Ik harr mi in ehr verkeken, un ik funn, se weer de schönste op de ganze Welt. För ehr harr ik de besten Stücken överhaupt utsöcht, New Wave, Punk, Folk, aver mit orntli Schmackes. Un dartwüschen en poor schöne Leder över de Leevde. L'amour, toujours l'amour. De Kassett nööm ik »Bauers Power-Mix für Birte«. Nah Fieravend güng ik mit ehr nah den Parkplatz hin, dar full mi tofällig de Kassett ut de Tasch. »Ach ja, ich hab hier was für dich!«, sä ik. »Danke; das ist aber lieb!«, anter se.
Een poor Daag later vertell se, dat ehr Fründ dat Mixtape sehn un seggt harr: »Der will doch was von dir!«
Nu, wat schall ik seggen: Wo he recht harr, harr he recht. Birte un ik, wi sünd nu dreeuntwintig Johr tosamen, un Bauers Power-Mix für Birte liggt hüüt in mien Auto rüm, ünnern Sitz. Blots een Kassettenspeler hebbt wi darto nich mehr…

Hey Jude

Nülichs heff ik nah lange Tiet mol wedder düt Leed int Radio hört: Hey Jude, vun de Beatles, inspeelt in Sommer 1968, dar weer ik jüst een halvet Johr oolt. Paul McCartney harr düt Leed för Julian schreven, den Söhn vun John un Cynthia Lennon. Dat schull een Trostleed warrn, wiel John jüst mit Yoko Ono dörchbrennt weer. Dat is villich de längste Singlehit, den dat je geven hett, mit den gröttsten un wildesten Chor op Platte överhaupt. Un ik müss denken an een magischen Moment vör veele Johren op een Party in de ole Kaat, in de ik wohnt heff, as ik Zivi weer. Wi harrn dar to tweet een lütte Land-WG un hebbt Inweihung fiert. Dar weern veele Lüüd, un de Lüüd weern all total verscheden. Mien Frünnen ut Dörp, mien Footballkollegen, aver ok veele Agrar- un Ökotrophologie-Studenten un -Studentinnen ut Kiel, denn mien Mitbewohner studeer Landwirtschaft.

Ik besinn mi noch, wo mien Footballerkollegen bi de smucken Studentinnen ant Baggern weern. Vun Ökotrophologie harrn se noch nie wat hÖÖrt, aver de

Deerns muchen se lieden. Ik weet noch, as Muermann Keule to mi sä: »Alder, wenn die Weiber da so klasse sind, denn will ich auch Ökotofulogie studieren!« Aver ik anter: »Keule, denn musst du erstmol Abi moken!« »Ach ja scheiße«, anter he ganz trurig, un denn hett eener »Hey Jude« opleggt un stell de Anlaag so luut, as dat güng. Un dat duer nich lang, dar höllen de Lüüd op to schnacken un füngen an to singen, een groten Chor vun villich föfftig oder sösstig Lüüd, all tosamen: »Laa laa laa lalalalaaa, lalalalaaa, Hey Jude!« Studenten, Studentinnen, Zivis, Soldaten, Muerlüüd, Timmermänner, Erzieherinnen, Autoschlosser, Bankkoopmänner un -fruuns, Arbeitslose, all sungen tosamen, luut un verkehrt, aver begeistert. Ik keek mi üm. All de Ogen weern ant Strahlen. Dat weer schöön. Ik möss lächeln. De Beatles un ehr Musik bröchen de Lüüd tosamen, sogor de Muerlüüd un de Ökotofulogen. Danke, John, Paul, George un Ringo, för düsse wunnerbore söven Minuten Musik, för düsse söven Partyminuten, de ik nienich vergeten warr. Dat is lang her, aver ik weet dat noch, as wenn dat güstern weer: »Laa laa laa lalalalaa, lalalalaa, Hey Jude!«

Wat Öllern so vertellt

Dat hett lang duert, bit ik dar achter komen bün, aver hüüt weet ik: Nich allens, wat dien Öllern di vertellt, stimmt ok. Mien Mudder hett mi, as ik Jung weer, een poor Weisheiten mitgeven, de sünd eenfach blots Quatsch. Liekers kann ik ehr nich vergeten. Mudder nich, un de Weisheiten ok nich.
Ik schull mi ton Bispill vör Libellen in acht nehmen. Mudder sä: »Wenn een Libell di dreemol bitt, denn bliffst du doot!« Un ik heff dat glöövt. Jümmer, wenn ik düsse wunnerboren Dierten sehg, denn kreeg ik dat mit de Angst, anstatts ehr orntli to bewunnern.
Wiederhin schull ik Kaugummi nich rünnerschlukken. Dat Kaugummi wörr denn mien Mogen verkleven, un ganz wat Schlimmes wörr passeeren. Ik harr mi meist in de Büx scheten vör Angst, as ik ut Versehen mol een Kaugummi verschluckt harr. Passeert is aver rein gor nix. Boven rin, ünnen wedder rut. Keen Weehdag, keen Mogen verkleevt, nix. Dor weer ik meist enttäuscht.
Wichtig weer ok: Ik schull keen Figatzen moken.

Mudder sä, wenn ik ünnern Karktorn stünn un jüst Figatzen möök, wenn de Karkenklock schlöög, denn wörrn mien Figatzen in mien Gesicht stahn blieven. Ik heff dat utprobeert. Ik müss in Plön an de Kark jümmer op den Bus töven. Jedeen Dag Klock een, wenn ik dar stünn to töven, heff ik nah de Klock hochkeken un Figatzen mookt, so oft un so lang, dat de Touristen al anfungen, mi Lüttgeld hintoschmieten. De Klock schlöög, ik kunn wedder normal kieken. Vun wegen Figatzen stahn blieven. Aver ik harr een beten wat verdeent as Bettler an de Kark in Plön. Ok nich schlecht.

Un ik schull in'n See nich dörch Seerosen schwimmen. De wörrn sik, so sä Mudder, üm mien Been schlingen un mi ünner Water trecken. Ik weer veeruntwintig, as Birte mi övertüügt harr, dat dat Quatsch is. Wi weern an een wunnerschönen Waldsee in Schweden, ganz eensam. Dat weer hitt un wi weern nackig, un wi wullen so gern tosamen baden. Aver ik harr Angst; dar weern Seerosen in den See. »Komm endlich rein!«, reep se, aver ik heff mi nich troot. »Was ist los?«, fröög se, un ik anter ganz liesen: »Ich hab Angst, dass die Seerosen mich runterziehen.« Birte lach un sä: »Du spinnst! Aber ich liebe dich!« Un se dreih sik üm, keem nah mi hin, nehm mi an de Hand, sä, plötzlich op Platt: »Koom, mien Schieter, ik pass op di op!«, un denn sünd wi Hand in Hand, ganz vörsichtig un langsam tosamen dörch de Seerosen schwommen, as of dat nix weer. Dat weer wunnerschöön, un ik heff dat överleevt. Wat schall ik seggen? Mudder hett dat nich beter wüsst, aver se hett machmol Quatsch vertellt, soveel is mol klor.

Endlich erwassen

Ik bün nu fiefunveertig Johr oolt, siet meist tweeuntwintig Johr mit mien Fru verheiraat, un wi hebbt fief Kinner, vun de de Ölltste düt Johr twintig warrt. Liekers heff ik eerst siet een Week dat Geföhl, nu endlich erwassen to ween.
Ik bün Melkbuer. Vör föffteihn Johr heff ik den Hof vun mien Öllern övernohmen. Darmols sünd se in't Olendeel trocken, tweedusendsövenhunnert Meter weg, un Birte un ik hebbt uns dat ole Buernhus trech mookt. Liekers hebbt mien Öllern noch lange Tiet op den Hof mitarbeit, mien Vadder bit vör dree Johr, mien Mudder bit letzten Sommer. Nu sünd se beide achunsöventig Johr un blievt tohuus. Jichtens is dat nu mol sowiet, un Mudder, so geern se dat ok much, kann eenfach nich mehr melken. Mudders Melkerschört hangt noch vör den Melkstand, jüst as Vadders Melkermützen, aver antrecken warrt se dat beide nich mehr, dar bün ik mi seker.
Nu is dat as Buer so, dat du di würklich freust, wenn dien Öllern di op den Hof hölpt, aver in ehr Ogen bliffst du jümmer de lütte Schietbütel, de du fröher

weerst. Un de lütte Schietbütel warrt kontroleert un utschimpt, egol, of he nu de Buer is oder nich.
Bit letzten Sommer weer Mudder jümmer de erste op den Hof. Dat full mi al schwor, ehr dat aftogewöhnen, üm viertel vör söss to'n melken to komen; dat harrn se de letzten veerhunnert Johrn so mookt: viertel vör söss warrt molken. Ik wull aver erst Klock söven anfangen. Un wiel Mudder nich mehr alleen melken kunn, aver geern darbi sien wull, hett se sik darop inlaten. Naja, se keem viertel vör söven. Ok ant Wekenend, wenn ik dat een beten ruhiger anlopen laten wull, keem Mudder üm viertel vör söven op den Hof föhrt. Ik heff dat hört un bün opstahn, wiel ik wüss, wenn ik nich in Melkstand keem, wörr Mudder glieks an dat Schlopstuvenfenster kloppen un bölken: »Maddi, wat is? Büst du doot oder worüm steihst du nich op?« Eenmol harr ik vergeten, de Dööör aftoschluten, un dar worr ik waken, wiel Mudder in Melkerschört un Melkerstebeln bi Birte un mi in de Schlopstuuv stünn un mi anbölken dä. So will keeneen opweckt warrn, dat kann ik ju vertellen.
Dat is nu een halvet Johr her, dat Mudder toletzt ton Melken op den Hof weer. Letzte Week weern Birte un ik dat erste Mol sietdem op een Fier, de wat länger güng. An nächsten Morgen harr mien Mitarbeiter frie; ik müss alleen melken. Ik weer halvig veer int Bett un worr pünktlich üm viertel vör söven wa-

ken. Ik stünn op, güng eenmol pieschern, un ik föhlte mi noch so wat vun mööd, dar bün ik wedder to Bett kropen. As ik dat neegste Mol waken wörr, weer de Klock teihn vör negen, un keeneen stünn vör't Fenster oder in de Schlopstuuv un bölk mi an. Dar heff ik mi freut.

Ik bün opstahn, heff mi een Kaffee kookt, weer mit de Hunnen buten un heff de Peer fuddert. Denn heff ik anfungen to melken. De Klock weer halvig teihn; ik heff mi super föhlt un ik wüss: Nu bün ik erwassen.

Ik kunn nich anners; ik heff Mudder dat vertellt. Se hett blots den Kopp schüttelt. Halvig Teihn melken – vun sowat Schlimmes harr se ehrn Leevdag noch nich höört.

Fröhjohr

Mien Öllern sünd jo fröher nie in Urlaub föhrt. Un ok för jichtenseen Oort vun Frietietsbeschäftigungen harrn se nix över. Eens hebbt se aver ümmer geern mookt: Över Land föhren.
De perfekte Dag för mien Öllern sehg ungefähr so ut: Morgens de Köh versorgen, schöön fröhstücken, un denn los föhren, nich ziellos, nee, se hebbt överall entfernte Verwandte oder Bekannte, bi de man to de Gelegenheit jo mol inkieken kunn. Vadder sett sien Hoot op, Mudder bunn ehr Koppdook üm, un denn güng dat los, mit cirka 45 Stünnenkilometer op de Bundesstraat, links kieken, rechts kieken, wat mookt de Buern dor op Feld, kiek mol, de sünd al bi to Mais seien, un dor hett sik aver een fastföhrt, mien leeve Herr Gesangsvereen, un so wieder, un so wieder, bit se jichtens ankeemen, an de Döör klingeln, üm sik een Tass Kaffee aftoholen, een beten schnakken, un denn wedder Richtung Heimat, villich jichtenswo ünnerwegens een Bratwust eeten, aver rechttiedig to Koh fuddern wedder int Hus ween, dat weer wichtig. As ik al segg, de perfekte Dag. Un 'n

keem sik noch nich mol nutzlos vör, denn en hett jo Verwandtschapp un Fründschapp pleegt. Un liekers noch sien Arbeit mookt.
Mien Mitarbeiter kennt dat ok. He nöhmt dat aver nich »Över Land föhren«, he seggt »OKF« darto, »Ortskontrollfahrt«. Dormit he nich nutzlos ünnerwegens is, föhrt he jümmer bi de Tanke vörbi. He tankt jümmer blots för teihn Euro, so hett he jümmer een goden Grund för een OKF.
Un ik kenn dat ok. Nu, int Fröhjohr, is dat avends jümmer noch hell, wenn ik op den Weg to miene Optritte bün. Kannst allerbest kieken denn. Mit 45 Stünnenkilometer op de Bundesstraat, links kieken, rechts kieken, wat mookt de Buern dor op dat Feld, de sünd al bi to Mais seien, un dor hett sik aver eenen fastföhrt, mien leeve Herr Gesangsvereen, un so wieder, un so wieder.
Wat schall ik seggen? Ik heff int Auto keen Hoot op, noch nich, aver ik mark, dat ik mien Vadder jümmer ähnlicher warr. Ok int Autoföhren. Keen Wunner, dat ik jümmer to laat koom. 45 Stünnenkilometer – dat schafft nich noog. Deit mi leed. Kann ik nix för. Sünd de Gene.

De Kortenspelers

Eegentlich hebbt mien Öllern de merste Tiet blots arbeit. Veel Platz för wat anners hebbt se in ehr Leven nich laten. Nu sünd se oolt un köönt nich mehr arbeiden, un dat Lock in ehr Leven to stoppen, dat de fehlende Arbeit reten hett, dat fallt ehr recht wat schwor.

Aver dörch all de Tieden, weern se schwor oder licht, hebbt mien Öllern doch eens hatt: Ehren Kortenclub. Siet meist föfftig Johren dreppt se sik all twee Weken eenmol mit de Kortenspelers. Siet meist föfftig Johren ümmer de sülvigen: Heinke un Uwe, Hermann un Traude, Hauke un Helga, Erika un Helmut. Un eben Hannes un Thea, mien Öllern. De Kortenspelers weern so präsent in dat Leven vun ehr Kinners, dat mien Broder un ik fröher ümmer Unkel un Tante to de Kortenspelers seggt hebbt, un för de Kinner vun de annern weern mien Öllern Unkel Hannes un Tante Thea.

Siet meist föfftig Johren ümmer dat sülvige: Eerstan warrt schöön tosamen eten, denn speelt de Männer Skat un de Fruuns jichtenswat anners, wat Lichteres.

Intwüschen mookt se dat nich mehr avends, sünnern nahmeddags. Se sünd ja all Rentners. Un se sünd weniger worrn. De erste, de storven is, weer Unkel Hermann. Dat is en poor Johr her. Krebs. Un Tante Heinke is vergahn Johr storven. Ok Krebs. Bi ehr Truerfier weer ik dar, in de Kark.

Wenn de Paster een Truerreed höllt, denn lött mi dat meist recht koolt. Dat Gesabbel vun Gott un Jesus hett mi oftins to wenig mit den Minschen to doon. Aver bi Tante Heinke ehr Truerfier stünn Tante Traude op un sä, dat de Kortenspelers sik nu siet meist föfftig Johren dropen hebbt un dat Tante Heinke nu de tweete weer, de fehlt. Un denn sä Tante Traude: »Aver wi speelt wieder. Solang wi köönt, warrt wi wieder spelen.«

Düsse Wöör drepen direkt int Hart. Ohn veel Pathos, ohn den ganzen Erlöserquatsch. »Solang wi köönt, warrt wi wieder spelen.« Ik kunn gar nich mehr opholen to blarrn.

Mien ole School

Ik bün in Plön op Gymnasium west, vun 1978 bit 1987. Darmols weer dat noch dat »Internatsgymnasium Schloss Plön«. De Internatlers leevten darmols in dat Plöner Schloss, dat nu Fielmann tohöört, un kemen bi uns in de School. Wi weern ümmer so meist dusendeenhunnert Schöler; darvun weern villich dreehunnert Internatler, villich veerhunnert Plöner Stadtschöler un villich veerhunnert Buern. Buern, dat weern de Fohrschöler ut de Dörper rundümto. Ik weer ok son Buer.

Ik bün jümmer gern dar to School gahn. Dat Gymnasium harr twars een recht wat konservativen Ruf, aver liekers harr ik jümmer den Indruck, dat wi Schöler ernst nohmen wörrn un dat wi ok unse Frieheiten harrn, wenn wi dat nich överdreven. Un vör allem harr ik düt Schoolhuus leev, wo dat dar so merrn in de Stadt, direkt an Lütten Plöner See leeg, mit een Steeg, vun den ut wi machmol baadt hebbt, in Sommer.

Dat Schoolhuus – de Oltbuu, intwüschen gifft dat noch den olen Niebuu ut de söventiger Johren un den nieden Niebuu ut de Nuller Johren – de Oltbuu is een wilhelminischet Schoolhuus, över hunnert Johren oolt, mit een Souterrain, een Hochparterre un een ersten un een tweeten Stock. Un wenn ik nu op düt Schoolhuus togah – ik heff machmol an de School to doon, wiel dree vun mien Kinner dar to School gaht un güngen; se harrn un hebbt ok noch Lehrers, de ik ok harr, de warrt jedet Johr weniger, aver dar sünd noch welk, de al recht oolt worrn sünd – wenn ik also ton Öllernavend will un ik gah düsse letzten poor Meter op dat Schoolhuus to, dar is een Portal mit eene grote, schwore Eekendöör mit een geschwungenen, gussiesernen Griff, de sik nah all de Johren noch vertruut anföhlt, un ik mook de Döör open, un denn rüükt dat darbinn nah düssen Muff, den se blots in de Schoolen so hinkriegt, un ik gah de poor Steenstufen hoch nah dat Hochparterre, de sünd villich een lüttjet lüttjet beten mehr utlatscht as vör dörtig Johren, as ik dar to School güng, un ik föhl mi glieks wedder as Schöler un will hochlopen nah dat schwatte Brett un will nahkieken, of een vun mien Lehrers utfallt un of ik een Friestünn heff un int Café gahn kann oder of ik eene Stünn schwänzen mutt, üm int Café to gahn – dat Café »Amore«, also nich dat Café »Amore«, sünnern dat Cafe »Am Moore«, dat weer in dat Eckhus vun de Straat, de »Am Moore« heet, aver dat Café gifft dat al lang nich mehr. In dat Huus is nu een Tierarztpraxis; dar, wo

unsen Billarddisch stünn, warrt nu wohrschienlich Katten kastreert.
Un ik weet, dat allens sik verännert, un ik sitt op den Ölleravend dar so rüm un höör nich to, wiel ik mien Gedanken nahhang, un achteran gah ik noch eenmol op den Schoolhof rüm, bliev för unsen Steen stahen, »Abi 1987« steiht daröver, un darünner hett de unvergetene Senge – nu al lang doot – all unse Nomens inmeißelt; denn he hett nah dat schriftliche Abi een Praktikum bi eenen Steenmetz mookt. Blots bi mien Nomen hett he sik vermeißelt, »MATTHIAS STÜHRWOHLDT« steiht dor, een »H« toveel, een Fehler för de Ewigkeit, »Senge du Sack!« denk ik un hoff, dat em dat goot geiht, dar, wo he nu is, wenn dat sowat gifft, dat een dat jichtens geiht, dar, wo man hinkümmt, wenn man doot is. Un ik loop wieder un kiek mi dat Wandbild an, dat mien darmolige Fründin moolt hett. Hier hebbt wi jümmers stahn un uns lütte Breefe tosteken, de wi in de langwieligen Stünnen schreven harrn, un dor dröben in Busch hebbt wi uns küsst, as wi beide een Friestünn harrn. Toletzt stah ik vör dat Fenster vun den Biorum, in den ik dormols mikroskopiert heff, un mien blonde Biolehrerin keek mi över de Schuller un ik föhlte ehre warme, weeke Bost an mien Rüüch un mi wörr mit Mol ganz anners, ganz hitt, un ik dröömte darvun, mit ehr dörchtobrennen un jichtens ganz anners to leven – un denn riet ik mi los un föhr nah

Huus, vull mit Gedanken un Geföhle vun darmols, ut miene Schooltiet.
Int Auto höör ik denn Neil Young, so as darmols. Noch een poor Minuten lang suhl ik mi in düsse wohlige Nostalgie, bit dat Tiet is, wedder optodükern. Ja, machmol bün ik trurig, dat de Tiet vergeiht. Machmol weer ik geern veertig Mol sitten bleven un ewigen Schöler worrn. Aver meisttiets is allens goot, so as dat is. Ik harr ok nich ewig sösssteihn oder söventeihn ween wullt! Wenn ik blots an de Pickel denk, de ik dormols harr – mi warrt hüüt noch ganz anners! Dick un geel riepten se op miene Stirn, un wenn ik ehr utdrückt heff, jeden Morgen mindestens twee, denn sprütt de Eiter an den Spegel in de Baadstuuv. Man goot, dat dat vörbi is!

De Muusfall

Wi hebbt jo op unsen Hof son richtig schönet olet Buernhuus; dat is meist hunnert Johr oolt. Bi son olet Hus gifft dat 'n Barg lütte Ritzen un Löcker, dörch de de Müüs rinkoomt. Nu leevt bi uns twee-eenhalv Katten int Hus, de de Müüs wegfangt, aver vör wi de Katten kregen, hebbt wi jeden Harvst, wenn de Müüs rinkemen, Fallen opstellt, so richtige Kääs- oder Mettwust-Wegschnapp-un-ik-hau-di-doot-Muusfallen. Dar hebbt wi denn jeden Harvst so twintig, dörtig Müüs mit fungen.
Jichtens meenen uns Kinner, düsse Muusfallen weern fies, de armen Müüs, de wullen doch ok blots leven, un wi schullen uns mol vörstellen, wo dat weer, wi leevt dar so ganz normal, un denn koomt so Riesen un fangt uns un mookt uns doot, dat weer doch woll nich schöön. Jo, aver so is dat Leven, sä ik, aver liekers hett unsen Söhn Peer sik denn vun sien Daschengeld eene Levendfall köfft; he wull mit düsse Deertenquälerie nix mehr to doon hebben, un he hett sien Levendfall bi uns in Heizungsruum opstellt. An nächsten Dag weer dar een Muus binnen,

un Peer weer sowat vun stolt. Ik heff mi de Muus bekeken. Ik schwör, se hett lacht. Schön warm in Heizungsruum, den Köder ganz alleen för sik. Peer hett ehr vör de Husdöör rutlaten, un se leep em twüschen de Been dörch wedder int Hus rin. So güng dat wist twee Weken lang, un ik bün mi seker, dat Peer de sülvige Muus ungefähr föffteihn Mol fungen un wedder frie laten harr. De weer naher al so groot un fett, de sehg ut as een Rott.
Jichtens weer Peer dar leed op, un he hett de Muusfall in Heizungsruum vergeten. En ganze Tiet later heff ik de Muusfall dar funnen, as ik den Heizungsruum mol oprümt heff. Süh, dar weer een Muus in, doot, ganz dröög, mumifizeert. Infungen, satt freten, un denn elendiglich verdöst. Soveel to dat Thema »diertenfründliche Muusfallen«. Denn doch lever een orntliche Ik-hau-di-doot-Muusfall. Oder tweeeenhalv Katten.

Een Huus vull Rasierer

Wat weern dat doch för unkomplizeerte Tieden, as dat bi uns int Hus blots eenen Rasierer geev, un twars för mi! Mien ersten Rasierer heff ik vun mien Opa arvt, as de doot bleven weer. Een ganz eenfachet Ding mit eenfache Klingen. Dar kunnst di noch richtig mit schnieden, un wenn allens keen Sinn mehr harr, denn kunnst di to Not darmit sogor de Pulsadern kappen. Düssen Rasierer harr ik noch, as ik vör 23 Johren mit mien Fru tosamen keem. Dormols leet se noch allens wassen. Ut düsse Tiet heff ik noch Fotos vun ehr, oben ohne, mit Hoor ünner de Achseln. Ik much dat lieden.
Allens vörbi. Nich dat Liedenmögen, aver dat Hoor wassen laten. Jichtens hett Birte mi fraagt, ob se mol mien Rasierer benutzen kunn. Intwüschen harr ik een eenfachet Doppelklingenmodell. Nich schöön, aver idiotenseker. Vun dor an hebbt Birte un ik den Rasierer deelt. Ik raseer mi dormit dat Gesicht, Birte raseert sik dormit nich dat Gesicht.
Ok al wedder vörbi. Jichtens weer mien Rasierer för Birte nich mehr goot noog, un to glieke Tiet fungen

unse Kinner an, sik to rasieren. Dor, wo in de Baadstuuv anners blots mien Rasierer leeg, dor süht dat nu ut as in een Fachgeschäft för schwule Schnittwaffenfetischisten. Wat dor allens liggt: Ladyshave, Boyshave, Girlshave, Oma- un Opashave, Dogshave, Catshave. Dat gifft jo nix, wat du nich rasieren kannst! Un för jeden Zweck gifft dat een knallbunten Spezialrasierer mit spezielle, extradüüre, jüstso knallbunte Spezialklingen. Wi hebbt int Hus mehr Rasierer as Tähnbörsten, un dat find ik intwüschen würklich bedenklich.

Tja, moderne Tieden. Wenigstens weet ik nu, dat mit mien Rasierer nix anners rasiert warrt as mien Gesicht. Un dat is jo ok al wat wert.

Op de Schullern

As uns Kinner lütt weern, wat weer dat doch jümmer för een Angang, wenn wi mol een Utfluch moken wullen. Fief Kinner twüschen – mol seggen – dree un ölven, un noch twee Köters darto, bit dor allens tosamen rüümt un int Auto packt weer, dat duer sien Tiet. Un wenn wi denn jichtenswo ankomen weern un weern een beten ünnerwegens, denn fungen de ersten an to jammern: »Ich kann nich mehr!« Un oftins müss ik de Gören denn drägen, jümmer afwesselnd, op de Schullern. Dor hebbt se sik richtig een Speel vun mookt, wokeen de eerste weer. Knapp weern wi ut Auto rut, dar fröög al de erste: »Papa, kann ich auf deine Schultern?« Un wenn ik denn nich mehr kunn, müss de wedder lopen; se hebbt mi twee Minuten Roh gönnt, denn keem de nächste. Op düsse Ort un Wies kann een Utfluch mit de Familie för een Vadder so wat Ähnlichet ween as een Besöök in de Muckibud.
Aver Kinner warrt grötter. Middewiel is de Jüngste twölf un de Ölltste twintig. Peer, de ölltste Jung,

middewiel achtteihn, is grötter as ik, aver ik bün jümmer noch – mit Afstand, un een Glück – de schworste in de Familie. Utflüge mit de ganze Familie sünd seltener worrn, ofschonst de Opwand nu eegentlich lütter worrn is, wiel meist jedeen sien Kroom sülven packen kann. Dat warrt eenfach ümmer wat schworer, all de Charaktere ünner een Hoot to kriegen. Toletzt weern wi mit de ganze Familie in Göteborg, mit Schipp vun Kiel ut.

Dat weer schöön. All tosamen an Bord, an Disch, schlemmen op Schipp. Nora, de middelste Dochter, harr sogor ehrn Fründ mit, un ik heff mi freut över mien grote Familie, un dat wi uns all verdregen kunnen. Dat is ja nich ümmer so.

Nächsten Dag, in Göteborg, hebbt wi uns erst trennt, all sünd shoppen west. Meddags drepen wi uns wedder, blots Nora un Marcel nich, de wullen sik alleen in de Stadt op de Nerven gahn, weer denn ok bald ut, aver dat is een anner Geschicht. Denn sünd wi mit alle Mann minus Nora un Marcel in dat Göteborger Kunstmuseum west, un ik harr den Indruck, all hebbt se dor wat vun hatt, jedeen wat anners, aver de Tiet weer nich ümsünst. Un as wi wedder op de Straat stünnen un wullen nu trüch nah dat Schipp, un mit eenmol weern wi all sowat vun plosterlohm, dar keek mien darmols söventeihnjohrigen Söhn Peer op mi daal un fröög ganz in Ernst: »Papa, darf ich auf deine Schultern?« Un

he geev sik alle Möög, besünners jammerig utto-
sehn. Ik keek em an, un ik kreeg son Mitleed; ik harr meist »Ja!« seggt. Aver denn müssen wi beiden lachen.

Dat gifft Saken, de ännert sik even nie. Ok wenn de Kinner noch so groot sünd…

Meddag koken

Siet een poor Maand arbeit mien Fru tweeundörtig Stünnen de Week in een Kita. Se is nu veer bit fief Mol de Week över Meddag nich dar, un tominnst veer Mol de Week mutt ik nu Meddag koken. Dat weer ’n gewaltige Ümstellung för mi.
Vörher harr Birte weniger Stünnen op de Arbeit, un ik müss höchsten twee Mol in de Week koken. Ik harr twee Standardgerichte: Pannkoken un Nudeln mit Tomatensooß. Ik harr mi daran gewöhnt, un de Kinner harrn sik daran gewöhnt. Eenmol de Week geev dat düt, eenmol de Week geev dat dat.
Denn kreeg Birte de niede Steed. Un nu? Ik kunn jo wohl nich twee Mol de Week düt un twee Mol de Week dat moken. Also heff ik mien Repertoire grötter mookt. Af un to hool ik Döner, af un to hool ik Currywurst mit Pommes. Aver ik kook ok anner Saken. Machmol gifft dat Melkries, machmol Kartüffeln un Salat, machmol een Oploop un machmol Kartüffelsalat. Den geev dat fröher jümmer blots Wiehnachten, aver nu meist eenmol de Week. Darüm seggt de Kinner al, wi müssen nu Wiehnachten

wat anners eten; Kartüffelsalat weer jo nu nix Besünneres mehr.
Un dat is wohr, ik mook an'n Leevsten Kartüffelsalat. Dat is nich schwor, aver dat duert lang. Dat ganze Gepucke is so wunnerbor meditativ. Ik sitt in de Köök, heff mien Arbeit un höör luut Musik, an leevsten Neil Young un Crazy Horse, de langen Stücken mit de wilden Gitarren. Un ik föhl mi goot.
As ik dat erste Mol Kartüffelsalat mookt harr, eenfach so, merrn in de Week, dar keem mien Jung Peer vun de School. As he in de Köök stunn, schnupper he eenmol, sehg den Kartüffelsalat, freute sik un reep: »Ey, Papa, warum gibt's heute sowas Geiles?«
Wat schall ik seggen? Dar weer ik richtig glücklich. Een richtig glückliche Husfru.

Wale ünner sik

Wi weern nülichs Woterski föhren, mit de ganze Familie. In Ostholsteen gifft dat een See, dar kann en dat moken. Un, wat schall ik seggen: Wenn du eerstmol stahn bliffst un dat rut hest, wo dat geiht – dat hett bi mi een beten wat länger duert, aver jichtens weer dat sowiet – also, wenn du dat rut hest, denn mookt dat richtig Spoß. Wi wüllt dat nu öfter moken.
Un as ik dar so in de Schlange stünn, neven mien öllste Dochter Marie, un wi töven op dat neegste Mol föhren, dar sä se to mi: »Oh, Papa, du da eben im Wasser, in deinem Neopren-Anzug, das sah so süß aus! Wie ein kleiner Wal!«
Na, dat nenn ik mol een schönet Kompliment. Un ik müss an en Sommer vör teihn Johr denken, as Birte un ik in de USA weern, in Madison, Wisconsin, wiel unsen Fründ Baude dar heirat hett. He harr uns to de Hochtiet inlaadt, un mit noch een poor anner Lüüd weern wi röverflogen. Wat weer dat hitt in Juli in Midwest USA. Ton Glück gifft dat in Madison een See, Lake Wingra. Warm as een Baadwann, aver beter int Water ut to holen as in de Sünn.

De Hochtietsfier weer, naja, ungewohnt. Füng nahmeddags an un weer Klock Acht avends to end. Dat Brutpoor weer weg, un in den Saal weer de nächste Fier ansett. Also sünd wi mit een poor Lüüd noch dörch Madison trocken un hebbt en beten wat drunken. Merrn in de Nacht sünd unsen Fründ Janne, Birte un ik noch nah den Lake Wingra rünnergahn, üm to schwimmen. Nackt. As wi dat Baude nächsten Dag vertellen, weer he entsetzt. He meen, wenn de Putzen uns faat kregen harrn, se harrn uns glieks insparrt. Oder doot schoten. Se fackelt nich lang in Midwest USA.
Egol, se hebbt uns ja nich faat kregen. Nee, wi harrn unsen Spoß. Un as wi so dörch dat Woter tollt sünd, merrn in de Nacht, in Mondenschien, dar lach Janne mit Mol, wies op mi, de ik jüst int Water sprungen weer, un he sä: »Guck mal, Birte, Papa Wal und Baby Wal!«
Haha, segg ik blots. Woher koomt blots düsse ewigen Walassoziationen? Ik verstah dat nich…

Energie

Fröher, as mien Kinner noch lütt weern, un wi weern tosamen in de Schwimmhall, an Stolper See oder op een Speelplatz, un denn lepen un plantschen un spelen se de ganze Tiet as Kattekers op Speed, as of dat keen Morgen geev, denn heff ik dar oftins stahn un keken un dacht: Wenn man doch blots all düsse Energie vun de Kinners in Strom ümsetten kunn – wi bruken uns keen Gedanken mehr to moken över Energiewende, Atomkraftwarke un Biogasmais – nee, uns Kinner sorgt för den Strom! Stecker rin, un zack! Löppt de Fernseher! Un dat Köhlschapp för dat Beer noch darto.
Aver dat ännert sik, wenn Kinner grötter warrt. Ton Bispeel hebbt Teenies twüschen 15 un 18 an Sünndagvörmeddag allens, aver keen Energie. Bi uns is dat nu so: De jüngste is twölf, de ölltste twintig. Machmol, wenn ik nahmeddags nah Schoolschluss in uns Stuuv koom, denn sünd dar all de Gören ant Chillen. Fief Gören hangt dar rüm, mit veer Smartphones, dree Laptops, twee MP3-Players, twee Nintendos un een Tablet-PC, un allens is an, jüst so

as de Glotze, un een telefoneert villich jüst ok noch. So veel Stromverbruuk, un dat allens in een Stuuv, un ik denk: Wenn man blots sien Kinner op Stand-by stellen kunn, so dat blots noch de roden Lampen schwach vör sik hinglööst – ik bün mi seker, man kunn orntli Energie sporen, man kunn gewiss dat een oder anner Kraftwark afschalten!

Abitur

Unse ölltste Dochter Marie hett jüst ehr Abiturklausuren schreven, un ik weet, se hett dat goot mookt, ok wenn se dar veel weniger för lehrt hett as ik darmols, vör meist föfftig Johr. Se is op de sülvige School, op de ik ok weer. Se hett sogor noch Lehrers, de ik ok harr. De sünd aver al böös oolt worrn. Naja, de harte Schoolalldag – de mookt di oolt, de schleit di af.

Richtig lachen müss ik, as Marie vun de Belehrung vertellt hett, de de angohenden Abiturienten an Dag vör de erste Klausur vun de Schoolleitung kregen hebbt, all de Regeln, de för't Abi wichtig sünd. Dat meiste darvun hett de Oberstufenleiter verkündt, aver de Schooldirektor Dr. Alfred Heggen himself hett sik dat nich nehmen laten, dat allerwichtigste persönlich to vertellen: de Regeln för dat Schmöken. De sünd ok dammig komplizeert.

Dat is nämlich so, dat de Schoolleitung de nikotinsüchtigen Abituraspiranten Gelegenheit geven will, ehre Sucht nahtogahn, darmit se nich vör luder Schmachter dat Tattern anfangt un sik nich mehr konzentreeren köönt. Op dat Schoolgelände is dat Schmöken aver verboten, un de Abiturienten dörpt während de Abiklausuren dat Schoolgelände nich verlaten. Dr. Heggen hett seggt, wat en moken kunn, üm nich dörch dat Abi to fallen un ok keen Tadel för't Schmöken op den Schoolhof to kriegen: Een Been op Schoolgelände, een Been op de anner Siet vun de Grenz, de Zigarett in de Hand, de nich över't Schoolgelände is. Wenn en 'n Zuch nehmen will, ok den Kopp över de Grenz nah buten holen un denn, ganz wichtig, ok den Schmök nah buten pusten. Un wokeen dat anners mookt as vörschreven, de kriggt keen Abi, dat is mol klor.

As Marie dat tohuus vertellt hett – heff mi meist dootlacht, dat köönt ji mi glöven. Ik weet nich, ob Dr. Heggen während de Klausuren de ganze Tiet ut sien Bürofenster keken hett, üm dat korrekte Schmöken vun de Abiturienten to överwachen, aver eens kann ik seggen: He kunn sülven nich ernst blieven, as he dat verkündt hett. Liekers: Regeln sünd Regeln, un de mööt befolgt warrn. Ton Glück schmökt Marie nich – glööv ik jedenfalls.

Dat blaue Band

Wi Buern köönt dat blaue Pressengarn ut Plastik, wo de Strohklappen mit bunnen sünd, ja meist richtig goot bruken. All de Buern wohrt dat blaue Band op, wenn se de Strohklapp utstreut hebbt. De meisten hebbt darvun een groten Sack in de Komer stahn un meist ok wat darvun in de Tasch, un denn warrt allens darmit heil mookt. De Tuun, de Anhängerklapp, dat Hecktor, allens, wat du di vörstellen kannst. Un wenn dien Gürtel kaputt geiht, kannst du en blauet Band darför nehmen.

As wi mit de Familie annerletzt in Urlaub weern, dar heff ik to mien Kinner vörher seggt: »Lüüd, in Flughaven, ant Gepäckband: All hebbt se dezent musterte oder eenfarvige dunkelblaue, dunkelgraue oder schwatte Koffers, un wi jüst so, un darmit wi ant Gepäckband unse Koffers gau wedder rutfindt, geiht nu jedeen vun ju in den Kalverstall, holt sik en blauet Band un bind dat üm sien Koffer rüm!« Un ton Glück weer dar woll keen anner Buernfamilie ünnerwegens, un so weern wi de eersten, de vun dat

Gepäckband wedder weg weern, un dat mookt wi nu jümmers so.
Un as ik nülichs mien ölltste Dochter vun de Klassenfohrt afhoolt heff – se weer in Wien west un keem mit den Nachtog trüch – dar keem se ut den Waggon un harr ehr Koppkissen un ehr Wulldeck för den Nachttog mit en blauet Band an ehren Koffer fastbunnen. As ik dat sehg, dar wörr mi richtig warm ümt Hart, ik kreeg ganz natte Ogen, un ik heff dacht: Es is nich allens ümsünst. Es is nich allens vergebens. So nehmt se doch wat an vun ehrn Vadder, dar blifft doch wat hangen. Ok wenn dat blots dat blaue Band is. Dat is beter as nix.

Koh in de Gülle

Nülichs weer ik inlaadt; ik schull an Nahmeddag vör't Kaffeedrinken bi een Hochtiet int Hotel een beten wat vertellen, een poor plattdüütsche Geschichten, as plattdüütschen Entertainer. Ik wull jüst losföhren; ik weer ungewöhnlich goot in de Tiet. Ik güng över den Hof nah mien Auto hin, dor mark ik, dat dor in mien Kohstall so een Unroh is, un ik heff dacht, ik mutt doch gau mol kieken. Un denn stünnen all mien Köh achter den Stall vör de Güllevörgruuv un keken dorin, un in de Güllevörgruuv stünn een Koh un keek rut. Bit an Hals stünn se in de Gülle un jammer; se weer dörch de Eekenbohlen broken un harr Angst. Schönen Schiet, heff ik dacht, bün wedder int Huus lopen, heff mi mien Stalltüch antrocken un bün wedder nah den Koh hinlopen, üm ehr ut dat Güllelock rut to trecken. Ton Glück weer mien Fru ok jüst dar un kunn mi hölpen. Wi hebbt een Frontladertrecker un een breeden Nylontampen hoolt; ik bün vörsichtig op de Koh ropkladdert un heff ehr den Tampen üm den Hals leggt, un denn hebbt wi de Koh mit den Frontlader an den

Tampen üm den Hals ut dat Güllelock rutböört; dat geiht, wenn de Tampen breet noog is, denn kannst du de Koh daran hochbörn; dat mookt ehr keen Spoß, un den Buern ok nich; se verdreiht de Ogen, aver se kann dat af, wenn dat nich to lang duert. Also rut mit de Koh, denn forts den Tampen losmoken, un de Koh stünn op, fardig mit de Welt, se zitter, aver se weer ant Leven. Wi hebbt ehr noch gau in de Krankenbox bröcht; mien Fru hett den Tierarzt anropen, un de Koh hett överleevt, ofschonst se blots noch een Körpertemperatur vun 35 Grad harr, stünn se dree Stünnen later al wedder to freten. Also weer allens mol wedder goot utgahn. So een Glück.
Un ik? Wieldes mien Fru op den Tierarzt töövt, heff ik buten in de Deel mien Gülletüch uttrocken, bün forts wedder rinlopen, heff mi de Hannen wuschen, Schapptüch wedder an un mit Vullgas nah de Hochtiet hin. Dar keem ik denn een Dreeviertelstünn to laat un statt vört Kaffeedrinken heff ik mien Geschichten nu bit Kaffeedrinken vertellt. So hebbt de Gäste wenigstens nich dartwüschen sabbelt; se harrn den Mund ja vull, keken mi an un hören mi to. Brut un Brüdigam weern glücklich; se strahlen vun binnen un harrn Verständnis för mien Verspätung; denn se keemen ok vunt Land.
Also weer allens in beste Ordnung. Blots eens is mi upfullen, dar int Hotel: Dat hett dar nah Gülle stunken, du, dat weer nich mehr schöön!

Fröhjohrsgeföhle

Anners as anner Dierten hebbt Köh ja keen spezielle Brunfttiet – Köh köönt dat ganze Johr Sex hebben un Kalver kriegen. Liekers is dat dütlich to marken, wenn dat Fröhjohr dor is. Wenn de Daag länger un heller un warmer warrt, denn kriegt ok Köh Fröhjohrsgeföhle, un se bullt heftiger un dütlicher as in de Wintertiet. Manch een Koh brüllt denn ok nah den Bullen – dor wunnert sik de Buer denn machmol, of de Koh denn gor nich Luft holen mutt twüschendörch, so intensiv bölkt se, ohn Paus, meist as een luden Huulbessen. Dat kann machmol würklich op de Nerven fallen.
Mien Besamer vertell ton Bispeel nülichst, he weer bi een Buern west, üm een Jungtier to besamen. Al as de Buer em anropen harr, üm Sperma to bestellen, harr de Besamer in Achtergrund dat Jungtier bölken hört: MÖÖH! MÖÖH! MÖÖH! Un de Buer harr noch to em seggt: »Koom gau, ik hool dat nich mehr ut!«
Un as de Besamer denn to dat Jungtier op den Hof keem, dor sehg de Buer ut as een Waterliek: witt int

Gesicht, düstere Ringe ünner de Ogen, un he jammer: »Bitte, bitte, mook ehr drachtig! Ik heff de ganze Nacht nich schlopen!« In Stall stünn dat Jungtier, dat Muul mit een Strick tobunnen un tosätzlich mit Panzertape tokleevt, un se wackel mit de Ohren un brumm mit ehr tokleevtet Muulwark: MMMH! MMMH! MMMH! Un dat weer nich lieser as sünst ok. De Buer, so sä de Besamer, harr meist anfungen to blarrn, as he dat höör: »Mien Schlopstuuv is blots föffteihn Meter vun hier! Ik kann nich mehr! Un ik mach ok nich mehr!«

Tscha, ik weet nich, wo dat wieder gahn is. Aver ik weet: Mien Besamer, he hett wiss sien Bestet geven! So as jümmer! Un wenn allens goot utgahn is, denn höllt se nu de Schnut. Erstmol.

Prioritäten

De beste Fründ vun mien Köh, de bün nich ik. Deit mi leed, aver is so. De beste Fründ vun mien Köh, dat is Walter. Köönt ji mi glöven.
Walter is een Fründ vun mien Öllern. He hett een groten Goorn mit veele Obstbööm, vör allem Appels un Birnen. In Harvst, dor sammelt Walter jümmer dat Fallobst op, packt dat in grote Säcke un bringt dat op unsen Hof, in mien Kohstall. He verdeelt denn jümmer den Inhalt vun de Säcke längs dat Freetgitter vun de Köh, un ji glöövt nich, wo de sik denn jümmer freut, dor is dat Enn vun weg.
Ik heff dat mit eegen Ogen sehn, as ik noch een Tuchtbull harr. Ik harr jüst een bullige Koh nah em röver laten, in sien Box, un eegentlich gifft dat för een Tuchtbullen denn nix Wichtigeret as dat, wovör he dar is, aver as Walter mit de Appels un de Birnen in den Kohstall rin keem, un de Bull weer merrn int Vörspeel, ant Schnuppern un Aflecken, un he sehg Walter, dar weer dat vörbi. Een mutt Prioritäten setten, hett de Bull woll dacht, hett de Koh stahn laten un erstmol Fallobst freten. Toerst hett de Koh

schöön blööd keken, aver denn hett se ok sehn, wokeen dar in Stall weer, un is ant Freetgitter lopen. So stünnen Bull un Koh neveneenanner un freten un harrn Prioritäten sett. För allens annere, so hebbt se woll dacht, is achteran noch Tiet noog. Un Walter un ik, wi stünnen un lachen. De beste Fründ vun mien Köh. Un vun mien Bullen. As ik noch een harr.

Schwarzer is doot

Manche Lüüd denkt ja, dat son Buer sien Dierten nich leev hebben kann, wenn he sien Geld ok darmit verdeent, ehr jichtenswann an Schlachter to verköpen. Se glöövt, een Schwien is för een Buern nix anners as een Kotlett, dat noch rümlopen kann. Aver dat is Quatsch.
Seker, ok bi de Buern gifft dat Ünnerscheede. Ik, as Melkbuer mit 'n recht lütte Kohherde, kann mi nich vörstellen, dat een Schwienmäster mit Dusende vun Schwien oder een Putenmäster mit Teihndusende vun Trutheehn würklich een persönlichen Droht to sien Dierten hett, de ja ok nah wenige Maand al wedder weg sünd vun den Bedriev. Al ut Sülvstschutz mutt en dar en beten afstuuven, sünsten kümmst du ut de Truerarbeit ja gor nich wedder rut.
Een Buer mit Melkköh is dar anners darför. Son Koh warrt in de Regel op den Hof geboren un blifft in Dörchschnitt söss Johr, bit se nah den Schlachter kümmt. Un in söss Johr lehrt man sik even beter kennen as in söss Maand. Dar kann son Entschluss, een Koh opletzt to schlachten, al mol

son lütte Krise utlösen, un de Buer denkt vun sik sülven: »Miene Herren, wat bün ik doch för een Schwien!«
So as bi Schwarzer. De weer mienölltste Koh, över achtteihn Johr oolt, as ik ehr schlachten leet. Eegentlich kreeg se Gnadenbrot bi mi op den Hof. Se weer mien Leevlingskoh, ik heff mol een Gedicht över ehr schreben, un mehrere Geschichten. Melken kunn ik ehr al siet Johren nich mehr. Nahdem se in de Wesseljohren komen weer, hett se keen Kalv mehr kregen, un jichtenwann weer dat mit de Melk to end. Dar wull ik ehr eegentlich an Schlachter verköpen, aver Birte hett seggt, dat weer ja nu gor keen Grund. Oder of ik ehr ok an Schlachter verköpen wull, wenn se keen Kinner mehr kreeg.
Also wull ik Schwarzer eegentlich beholen, aver int letzte Johr hett se Gicht kregen. All de Gelenke weern dick, un se weer lohm. Noch een Winter in Stall wull ik ehr nich tomoden, un nah langet Hin un Her heff ik ehr verköfft.
Ik warr dat nich vergeten, wo se mi ankeken hett, as ik ehr ant Halfter op den Laster trocken heff. Toerst güng se noch vull Vertruen achter mi ran, denn heff ik den Strick los un dat Gitter to mookt. Dar wüss se, dat ik ehr verraden harr. Ut ehr schwattet Gesicht un ehr schwatte Ogen keek se mi an, nich böös, nee, blots unendlich trurig, pessimistisch un desillusio-

neert. Ehre langen Wimpern weern witt. Mit eenmol weern se witt.

As de Laster wegföhrt is, stunn ik op den Hof un blarr. Machmol is dat nich so licht, Buer to ween, dat köönt ji mi glöven.

Zwieback un Matrix

Wi hebbt tohuus ja twee Köters, een brune Hündin, de heet Zwieback, un een schwatten Rüden, de heet Matrix. Ik weet, dat sünd keen normale Hundenomens, aver wenn wi al so eene stinknormale Familie sünd, denn schüllt unse Köters wenigstens total crazy Nomens hebben. Un dat is würklich ümmer ganz lustig, wenn wi mit de Köters spazeeren gaht un Zwieback löppt weg. Wi gaht denn dörch de Straten vun uns Dörp un roopt: »Zwieback! Zwieback!« Eenmol hett een Oma de Döör open mookt un to uns Dochter seggt: »Deit mi leed, Zwieback heff ik nich int Hus, aver wenn du son Hunger hest, hier, ik heff een poor Kekse för di!«

Zwieback un Matrix sünd total verscheden. Matrix is sööt, recht schüchtern un strohdoof, Zwieback nich ganz so sööt, forsch un schlau. Machmol aver nich schlau noog. Oder, üm dat anners uttodrücken: Machmol is dat schlauer, een beten blööd to ween.

Vör unse Huusdöör harrn wi fröher een opene Veranda. Vör een poor Johr hebbt wi se mit Glas dicht mookt. In Sommer hebbt wi vör de verglaste Ve-

randa een Flegendöör, de blots mit een Feller dicht fallt; in Winter is dor een richtige Döör bin, darmit dat op de Veranda nich freert.
Wenn wi nu mit de Köters rut wüllt un hebbt de Huusdöör al open, denn blifft Matrix jümmer een Stück trüch. He mistruut de Dören, egol of Sommer- oder Winterdöör. Zwieback is dor anners. Wenn de Sommerdöör darbinn is, denn weet se, dat se de mit de Schnut open stubsen kann. Se bremst nich mol af, bevör se dörch de Döör löppt. Zack, un Zwieback is buten, aver Matrix steiht noch ängstlich achter de Döör un geiht erst dörch, wenn wi se för em open hoolt.
Dat geiht so lang goot, bit ik jichtenswann in Harvst de Sommerdöör rut nehm un de Winterdöör inhang. Wenn ik denn dat erste Mol mit de Köters rut gah, denn löppt Zwieback so as ümmer gegen de Döör an – un prallt darvun af as een Gummiball. Ik stah denn achter ehr un mutt lachen, un Matrix steiht achter mi un versteiht nich, wat los is. Aver wenigstens hett he sik nich weh daan.
Machmol is dat eben schlauer, een beten blööd to ween.

Nacktschnicken

Nu süht 'n se wedder överall. Dat is warm, wi hebbt Sommer, dat hett veel regent de letzten Weken, un mit Mol sünd se dar. Teihn, hunnert, dusend, Millionen.

Ik glööv, dat gifft keen anner Deert, dat so hasst warrt as de Nacktschnicken. Un ik kann dat goot verstahn. Lange Tiet weer dat bi mi ok nich anners. Ik meen, ik heff mol in een ganz olet Hus wohnt, dat harr överall Ritzen, un wenn du nachts opsteihst un du geihst op Klo, un du peddst in den düstern Flur barfoot op een Nacktschnick – dat is so ekelig, darnah warrt de Nacktschnicken nich mehr diene Frünnen.

Un wat se all weg freet, un överall in Goorn achterlaat se ehre sülvernen Schliemsporen. Darüm hebbt de mersten Lüüd Krieg mit de Nacktschnicken. Andreas aver nich. De is Biogoorner in Schleswig-Holstein, un ik weer nülichs mol op een Hofführung bi em. Un he vertell dor, he schnackt mit sien Schnikken. He meen, dat höör sik villich komisch an, aver jedeen schnackt mit sien Köter oder sien Peerd, worüm schull he nich mit sien Schnicken schnacken. Schnick Schnack moken so to seggen. Un he weer övertüügt, dat funktioneer. Sien Schnicken freet in sien Goorn, ja, aver se mookt nich to veel Schoden. Se leevt miteenanner, Andreas un sien Schnicken, se hebbt Freden un keen Krieg, un sietdem dat so weer, güng dat Andreas veel beter mit siene Miteters.

As ik Andreas so sehg, wo he in sien Goorn stünn, dar weer ik beindruckt. Un ik füng an, nahtodenken. Ik meen, stell di mol vör, wo dat is, wenn du een Nacktschnick büst. Du weerst een Klumpen Schliem, hest anfungen to aten, zack! büst du een Nacktschnick. Un denn stellst du fast, dat keen een di mag. All wüllt se blots, dat du doot bliffst. Nich mol freten will di en, blots son poor geistesgestörte Göös, aver de schiet di denn in Goorn wedder ut, un of dar nu lebendigen Schliem oder doden Gööschiet in Goorn liggt, dat is ok egol. Un wenn di eener platt pedd – de eenzige, de di fritt, sünd diene Artgenossen, un nah fief Minuten huckt teihn vun diene Kollegen op di un schlabbert di weg.

Nee, ik much nich tuschen mit de Nacktschnicken. Wenn ik so över ehr nahdenk, denn doot se mi richtig leed, so eensam un ohn Frünnen, as se leven mööt. Dat is doch ok keen Leven. Dat is blots Qual. Un de armen Deerten schüllt sik nich quälen. Also pedd ik ehr platt. Ut Mitleid. Ik heff een godet Hart. Ok för Nacktschnicken.

De Poch

As ik hüüt morgen in unsen Stall de Köh fodert heff, dar funn ik merren in den Silorundballen een doden Poch. De Rundballenpress harr em tosamen mit dat Gras opnohmen, tosamenpresst, in Folie wickelt un to Silo mookt. Nu, een halvet Johr later, weer sien Huut düstergries mit een lütte Schicht Schimmel bobenop. He weer platt as een Flunder un sehg nich lecker ut, ehrder vergammelt. Dor heff ik em nohmen un bün mit em nah den Misthupen lopen. Vör ik em darop schmeet, heff ik em nochmol genau bekeken. He dä mi leed.
Ik meen, stell di dat mol vör: Du büst een Poch, leevst glücklich in natte Gras, hest Fru un Kinner, villich een goden Job jichtenswo in't Büro oder so, un op den Weg nah de Arbeit kümmt son Rundballenpress, nimmt di mit, un so gau ännert sik dien ganze Levensplanung. Dat is doch Mist, oder?
So dach ik, as ik dar stünn un mi den doden Poch bekeek. Denn heff ik em op den Misthupen schmeten. Nu warrt he Dünger, so as wi all, fröher oder later. Dat Leven geiht wieder. The show must go on.

Mist för de Erdbeeren

Dat is jo jümmer wedder schöön, mit wat en as Buer de Lüüd ut Dörp 'n Freud moken kann. Mannigeen hoolt sik geern mol een Liter frische Melk un meent jümmer wedder, de Geschmack vun Melk direkt vun Buern is eenmolig, würklich eenmolig, un ik mutt em jümmer wedder seggen, dat de Melk nich vun mi is, sünnern vun mien Köh.
Oftins koomt Lüüd, de wüllt Sammelsteen vun de Koppel hebben, üm darmit in ehr Goorns wat optosetten, wat se »Friesenwälle« nöömt – de Niebuugebiete kennst' daran, dat se överall düsse hässlichen Friesenwälle hebbt. Un ik heff dat Geföhl, dat all de Friesenwälle in ganz Schleswig-Holsteen ut miene Sammelsteen mookt worrn sünd – so oft koomt Lüüd, de Steen vun mi hebben wüllt.
Geern koomt ok ümmer Mudders oder Vadders, de mit ehr Kinner tosamen een Klapp Heu oder Stroh för de Kaninken oder de Meerschwien holen wüllt. Sülvst unser best Heu is blots een Viertel so düer as een lütte Plastiktüt ut de Zoohandlung, un so koomt de Kinner jo ok mol op een richtigen Buernhof un

kriegt mol echte Köh to sehn. To son Heu- oder Strohshopping bi uns op den Hof hööt nämlich ümmer een lütten Rundgang dörch den Stall, Köh kieken. An schönsten find ik jo ümmer, wo vörsichtig un langsam de Familien mit ehre nieden, klinisch sauberen Autos op unsen Hof rollt, so glöövt se, dat se keen Dreck afkriegen doot, aver unsen Buernhofdreck steiht darop, jüst dorhin to flegen, wo dat bit eben noch sauber weer. Un denn klappt de Lüüd ehrn Kofferruum op, üm de Klapp Stroh un de Klapp Heu darin to packen – allens utschlogen mit Plastikplane, darmit ok keen Halm op dat Polster land. Ik kunn mi doot lachen, echt.
Aver nülichs, dar weer een dar, de wull Mist hebben, för sien Goorn. Dat kümmt ok af un to mol vör. Ik stünn jüst mit unsen Schlosserfründ Karl-Heinz op den Hof un weer an't Schnacken, dar keem Stollen un wull sien Autoanhänger mit Mist vull schmieten. »För de Erdbeeren!«, reep Stollen un lach. Un Karl-Heinz sä ganz dröög: »Geschmäcker sünd jo verscheden. Wi eet ehr leever mit Zucker un Melk …«
Oh Mann, wat hebbt wi lacht. Sien Mist hett Stollen liekers kregen. För de Erdbeeren.

Heimatkunde

Nülichs heff ik mit een Buernkolleeg schnackt, de vertell mi, dat sien Lehrling vör korte Tiet dat erste Mol de Buernzeitung mit in de Meddagsstünn nohmen harr, üm dar so'n beten in to lesen. Jede Buer weet, dat de Buernzeitung interessant is. Jo, gewiss ok de redaktionelle Deel, aver ganz ehrlich, de is minderinteressant. An'n besten is de Deel mit de lütten Anzeigen. Stellenmarkt, Flächenmarkt, Maschinenmarkt, Tiermarkt, Heiratsmarkt – een Rubrik beter as de annere. In düsse teihn oder twölf Sieten kannst du di richtig fastlesen, un villich findst du dar de Fru, den Köter oder sogor den Trecker för't Leven.

De Lehrling jedenfalls weer in de Meddagsstünn gor nich ton Schlopen komen, so spannend weer de Buernzeitung west. Een Saak aver, de harr he nich verstahn, de hett em düchtig beschäftigt. Un as he darnah mit sien Chef an Kaffeedisch seet, dar fröög he: »Du, Chef, wat mi wunnert hett, düsse lütten Anzeigen – de meisten darvun sünd all ut dat sülvige

Dörp. Vör allem de Grundstücks- un de Heiratsanzeigen. Dat mutt jo een komischet Dörp ween. Hett ok een komischen Naam. Is dat hier in de Gegend? Oder wo is dat? Düt – wo heet dat nochmol – düt Chiffre?«

Woveel mol Sex?

En schall ja nich allens glöven, wat in de Zeitung steiht. Un dat do ik ok nich. Un machmol wunner ik mi, wo se dat her hebbt, wat se in de Zeitung schrievt.

In unse Zeitung stünn nülichs, dat de Düütschen in Dörchschnitt veer mol de Week Sex hebbt. Dat harr een repräsentative Ümfraag ergeven. As ik dat leest harr, heff ik erst dacht: So een Quatsch, dat kann nich angahn. Un denn heff ik mi fraagt, wo se düsse repräsentative Ümfraag denn mookt hebbt. Op St. Pauli villich? Dar staht ja Fruunslüüd an de Straat, de den Dörchschnitt orntli hochtreckt. Oder se weern to't Fragen in mien Footballvereen, naht Speel, bit Duschen. Dar warrt jümmer en beten veel prahlt. Ik meen, wi hebbt een in de Mannschaft, de is ok Buer, de geiht vört Speel noch gau mit nackten Oberkörper dörch sien Kohstall un schüert sik den Rüüch an de Fellpflegebörst, bit he dar rode Striemens hett, blots darmit he ünner de Dusch mit so een coolet Lächeln seggen kann: »Meine Frau ist immer so leidenschaftlich.« Kann also ok ween, se hebbt Footballers fraagt, aver intwüschen glööv ik, dat is allens ganz anners.

Bestimmt is dat nämlich so: Du geihst langs de Straat, un denn is dar een, de mookt een Ümfraag, höllt di an un fraagt di, wo oft du Sex hest, un du överleggst un wullt jüst wohrheitsgemäß seggen: »Veer mol int Johr!«, un du büst al bi »Veer mol…«, dar kiekt di de Interviewer so mitleidig an, un du seggst gau: »… in de Week!« Un so seggt all de Lüüd, de veer Mol int Johr Sex hebbt, un dat sünd, dar bün ik mi seker, de allermeisten, dat se veer mol de Week Sex hebbt, un de Ümfraag bildt eher een Wunschdroom af as de Würklichkeit.

Kann aver ok ween, dat allens nochmol ganz anners is, un de Lüüd tellt eenfach darto, wo oft se an sik sülven rümspeelt. Is ja ok Sex, irgendwie. Tööv mol, kann dat angahn? Ik mutt gau mol nahreken… ja, dat kümmt hin!

De Buernregel

Ik weet nich, wo ju dat geiht, aver ik kann mi de mersten Saken an besten mit eenfache Regeln oder Sprüche marken. Un wenn ik dar över nahdenk, fallt mi glieks wat darto in. Ton Bispeel ut dat eerste Johr Geschichtsünnerricht: »Drei drei drei, bei Issos Keilerei!« Oder Engelsch: »He she it, s muss mit!« Oder Düütsch, al een beten wat länger, aver unvergeten: »Wer brauchen ohne zu gebraucht, braucht brauchen gar nicht zu gebrauchen!«
Ok för Buern gifft dat een son Schnack. Den heff ik in de Landwirtschaftsschool lehrt, in den Plantenbuu-Ünnerricht. De Schoolmestersch hett mi mol vertellt, wo schwor dat weer, de jungen Buern bitopulen, wannehr ehr Grasland riep weer, darmit de Köh darop weiden köönt, un wannehr dat riep weer, üm Silo to meihen. Oh, wat harr se versöcht, de Weisheiten in de Schölers rin to kriegen, harr wat vertellt vun Entwicklungsstadien, vun Ährenschuben un Grasblöhen, aver de Landwirtschaftsschölers wullen dar nix vun weten. Se sän blots: »Wi laat de Köh op de Weid, wenn de Naver dat ok deit. Un wi

hoolt dat Meihwark rut, wenn de Naver jüst anfungen hett to meihen!«
Dat wull de Schoolmestersch sik nich länger anhören. Un se sä: »Wenn dat Gras so hoch is as een Buddel Beer, denn kannst de Köh dar op jogen! Un wenn dat so hoch is as een Buddel Köm, denn kannst dat meihen!« Süh, dat kunnen de Schölers beholen un hebbt dat nich wedder vergeten.
Wenn ji also int Fröhjohr all de Buern mit een Buddel Beer un een Buddel Köm dörch de Gegend lopen seht, denn weet ji nu, dat de sik nich etwa in de Feldmark een ansupen wüllt. Nee, de sünd ant Arbeiten. Se kontrolleert blots gewetenhaft un professionell, of dat Gras al groot noog is. Dat mutt ja ok mol ween.

Scheedung schenkt!

Ik harr ja nülichs Abi-Jubiläum. Fiefuntwintig Johr. Eegentlich wull ik ja vörher fiefuntwintig Kilo afnehmen, aver dat heff ik nich schafft. Egol, dat weer ok so een schönet Fest. Dat is komisch, aver de annern sünd villich oolt worrn!

Un ik heff Arne wedder dropen. Ik harr em rund twintig Johr nich sehn. He is Jurist worrn. Un mi full in, dat Birte un ik noch wat goot hebbt bi em.

Ik heff jo ok mol een halvet Semester studeert, Agrarwissenschaften, bit ik de Schnut vull harr darvun. Naja, rund acht Weken lang weern Birte un ik tosamen an de Uni. Se studeer Pädagogik, un wi verafreden uns oftins to Meddag in de Mensa. Un eenmol hebbt wi dar Arne dropen; de weer al merrn int Jura-Studium. Wi vertellen em, dat wi jüst heirat harrn, un he hett uns gratuleert, un denn sä he: »Tut mir leid, aber ich hab jetzt gerade kein passendes Geschenk. Aber ich werd ja Rechtsanwalt. Wenn ihr euch später mal scheiden lassen wollt, mach ich das für euch umsonst!«

Wi müssen lachen. Wi hebbt keen Gootschien oder

so wat kregen, aver ik bün seker, bi Arne gellt dat Wort. Un as ik nu bit Abi-Jubiläum mit Arne schnack, dar heff ik em fraagt, of wi de umsünste Scheedung ok wieder verschenken kunnen. Nee, de Anspruch is personengebunnen, sä he. Schiet ok. Dar geiht uns richtig wat dörch de Lappen. An un för sik is dat ja nix wieder as dodet Kapital, solange Birte un ik tosamen blieven wüllt.

Un wi wüllt tosamen blieven. Dat is ok goot so. Ik meen, wenn Birte un ik uteenanner weern, nu, Birte is Akademikerin, de kann sik int Internet bi Elite-Partner oder son Schiet anmelden un sik een Perfesser oder een Doktor söken un mit em to Golf Spelen föhren. Un mi blifft blots de Weg nah »Bauer sucht Frau«. Dar weer ik denn wohrschienlich »Matthias, der moppelige Milchbauer«, »der romantische Rinderwirt«, »der liebevolle Landwirt« oder villich »der bildhübsche Biobauer«. Oh Mann, ik kunn nu al kotzen.

Ik glööv, nee, ik weet: Wi schullen beter tosamen blieven, Birte un ik. Jedenfalls ut mien Sicht. Ik will Inka Bause nich sehn, nich bi mi op den Hof. Un ok sünst nich.

Nora schrifft een Book

Dat gifft ja Glücksgeföhle, de nutzt sik mit de Tiet af. Ton Bispeel weet ik noch genau, wo dull ik mi freut heff, as ik mien eerstet Tor in Footballvereen schoten heff. Ik weer negen Johr oolt, un dat weer dat entscheedende 14:1 gegen de veerte Bubi-Mannschapp vun VFR Niemünster. Ik weer de Matchwinner, un ik heff nah dat Speel erstmol een Ehrenrunde dörch dat Stadion dreiht. Ik weer de glücklichste Jung vun de ganze Welt. Een poor Johr later weer ik Mittelstürmer in de Jugend, un ik heff oftins Tore schoten, ok in de Herrenmannschapp, in de ik speelt heff. Tore scheiten weer meist langwielig worrn, nix Besünneres even. Aver ok de Afnutzung vun Geföhle nutzt sik af. Denn ik speel jümmer noch Football, in de Altliga. Intwüschen bün ik sülvst för Altligaverhältnisse oolt un naja, vullschlank. Ik roll eenfach to langsam. Ik scheet blots selten mol een Tor, aver wenn de Ball denn mol wedder dat Netz utbuult, denn is dat meist so wunnerbor as darmols dat 14:1 gegen VFR, un an leevsten wörr ik wedder een Ehrenrunde dreihen.

Jüst so weer dat mit mien eerstet Book. As in Dezember 2003 endlich de erste Karton vun »Verliebt Trecker fahren« mit de Post keem, heff ik em open reten, an dat Book schnuppert un mi freut, freut, freut. Ik heff mi int Auto sett un bün dree Mol hupend de Dörpstraat hoch un rünner föhrt, mien niedet Book höll ik darbi ut Fenster un wink darmit. Wenn nu, nah acht Böker un söss CDs, de Karton mit een niedet Book kümmt, denn hool ik dat rut, kiek dat eenmol an un schmiet dat twüschen de annern.

As ik darmols mien erstet Book kregen harr, hett mien grote Freud mien Dochter Nora, darmols acht Johr olt, woll recht wat inspireert. Se wull ok so glücklich ween; se wull ok een Book schrieven. Un se hett sik een lüttet Notizbook herkregen un anfungen to schrieven. Een Dag, twee Daag, dree Daag. An veerten Dag keem se nah een Gespräch mit ehr öllere Schwester Marie to mi hen. Se sä: »Papa, Marie hat erzählt, dass die Leute im Verlag son Buch erstmal lesen, bevor sie das drucken un in den Buchladen stellen. Stimmt das?« »Ja«, sä ik: »Dat stimmt.« Dar keek Nora erstmol ganz trurig, nehm ehr Notizbook un hett dat jichtenswo ganz wiet weg versteken, üm dat nich wedder rut to holen. Dar dä se mi richtig leed. Aver harr ik ehr wat vörleegen schullt?

Darbi hett Nora al mit söss een richtiget Meister-

wark moolt. Dat hangt sietdem in unse Köök, siet nu meist twölf Johr. Dat is een Bild vun een lütten Vogel, de zwitschert »Pipipi«. Daröver hett Nora een vun ehre ersten Sätze schreven: »An einen Tak wa ein kleina Vogel glök lech! Nemlech die Sonne schin. Er his Pips!«
Wat schall ik seggen? So eenfach is de grote Kunst. Un dat is de Wohrheit.

Mien ersten Neger

As ik Kind weer, dar kunn en to schwatte Lüüd noch »Neger« seggen, ohn glieks Rassist to ween. Ik bün 1968 boren, un in mien Diercke Schoolatlas vun 1977 gifft dat noch een Kort vun de USA över Rassenprobleme, de gifft in verscheden Farven den »Anteil der Negerbevölkerung an der Gesamtbevölkerung« an. Kannst' op de Legende genau nahlesen.
Dat weer ok üm un bi 1977, as ik mien ersten Neger sehn heff. Hüüt wörr ik dat nich mehr so seggen, aver darmols heet dat so. Ik seet mit mien Öllern in unsen VW Käfer. Wi weern in Kiel ünnerwegens, eenmol int Johr müss Vadder een niede Büx hebben, un ik kreeg denn ok een, un Mudder villich een niedet Koppdook. Un denn stünn dar op den Footstieg en schwatten Minschen. Mudder reep: »Föhr mol langsam, Hannes, kiek mol, een Neger! Un wat för en schwatten! En ganzen schwatten Neger!« Un wi föhren in Schritttempo an den schwatten Minschen vörbi, drücken uns de Neesen an de rechten Autoschiev platt un keken mit grote Ogen. Un de schwatte Minsch stünn dar un keek mit jüst so grote

Ogen torüch un hett wist dacht, wi hebbt een an de Marmel. Een Begegnung as in Slow Motion, un ik heff mien ersten Neger nich vergeten.
Woveel hett sik doch ännert in de letzten fiefundörtig Johr. Wo bunt is uns Düütschland worrn, un wo normal dat is. Nülichs seet ik op den Öllernavend vun mien jüngsten Söhn. De geiht in Niemünster to School, un Niemünster is besünners bunt. Dar seten wi tosamen in den Klassenruum vun uns Kinner, so veele Hoorfarven, so veele Huutfarven, so veele Religionen, so veele verscheden Akzente in dat Düütsch, dat wi schnacken. Un all seten wi dar, wiel wi dat Beste för uns Kinner wullen. Un ik keek mi üm, heff in de Runde lächelt un mi wohl föhlt. Düütschland warrt bunter, jedeen Dag. Un ik findt dat richtig goot.

Bratkartüffeln

Nülichs heff ik nah eenen Optritt 'n Vadder vun een Footballkolleeg vun mi dropen. Wi keemen int Schnacken. Ik besinn mi darop, dat sien Söhn mit em in Amerika west weer, un ik heff em darnah fraagt: »Worüm Amerika?« »Twee vun mien Schwestern sünd dar verheirat.« »Un wo hett di dat gefullen?« »Hool blots op!«, fung he an, un denn sä he düssen eenen Satz, den ik vun mien Mudder al so oft hört heff: »Dat is ja allens recht goot un schöön...«
– so hett mien Mudder jümmer anfungen, wenn se wat to meckern harr: »... is ja allens recht goot un schöön, aver...«, un denn keem dat dicke End achterran. Eenmol hett se seggt, as Birte un ik frisch tosamen weern: »Dat is ja allens recht goot un schöön mit dien niede Fründin, aver de is to hübsch för den Buernhof!« »Worüm?«, fröög ik. »De Hässlichen köönt beter arbeiten!« Dar wull ik eerst antern: »Hett Vadder di darnah utsöcht?«, aver ik heff lever mien Muul holen un Birte heirat, un dat weer bestimmt nich verkehrt!
»Dat is ja allens recht goot un schöön in Amerika«,

sä also de Vadder vun mien Footballkolleeg, »aver eenmol langt mi dat. Eenmol un nich wedder, dat segg ik di. Ik meen, wi weern dree Weken dar, un dat is fief Johr her, aver ik kann noch jümmer keen Pommes Frites sehn. Ik meen, keen Wunner, dat de Amis all son beten komisch sünd! Dor gifft ja noch nich mol orntliche Bratkartüffeln! Dree Weken Pommes Frites un nich eenmol Bratkartüffeln! Toletzt weer ik ok meist verrückt worrn!«

Un wi lachen. Een Land ohn Bratkartüffeln – dat kann ja nix warrn!

Nah den Optritt

Dat is en poor Daag her, dar harr ik een Optritt in eene Bookhandlung. Mi mookt dat düchtig Spoß, bi Bookhändlers to vertellen. Bookhandlungen sünd magische Steden, dar is oftins een ganz besünnere Stimmung, mang all de schönen Böker to stahn un mien Geschichten to vertellen. Un nah all de dusende vun Marken un Euros, de ik över de Johren in Bökerladens laten heff, is dat jümmer noch een schönet Geföhl, mit mehr Geld in de Daschen wedder rut to gahn, as ik rin gahn bün.
Bi de letzte Bookhandlung, dar harr ik een Matinee geven, Sünndag Vörmeddag Klock Ölven. In de Paus harr ik al örntli Böker signeert – as Reimer Bull jümmer sä: Schall ik di dar een Kringel rinmalen? – denn güng mien Show wieder, un as ik fardig weer, nich ohn Togaav, un de mersten Lüüd weern al rut un op den Weg nah ehr Sünndagsmahl, dar keem een öllere Fru nah mi hen, geev mi een Book un hett mi fraagt, of ik ehr dar ünnerschrieven kunn. Jo, natürlich, heff ik seggt, un denn keem se int Schnacken. Ehr Mann, so vertell se, weer schwor krank west, un

in düsse Tiet harr se em oftins ut miene Böker vörleest, un dar harr he sik richtig an freut. Un se harr oftins dacht, sä se, se wull ehren Mann een signeertet Book vun mi schenken. Dat is een gode Idee, sä ik, schreev mien Nomen in dat Book un geev ehr dat trüch. Danke, anter se, nehm dat Book un meen: Nu heff ik dat signeerte Book, aver mien Mann, den heff ik verloren.
Ik wull noch wat seggen, aver mi full nix in. Ik keek ehr nah un weer ganz still. Machmol mutt ok een plattdüütschen Entertainer eenfach mol de Schnut holen, dat Schwore sacken laten un villich jichtenswann een lütt Geschicht darvun schrieven.

Blots noch Engelsch?

Ik kann dat bald nich mehr hören: Jedeen jammert över de Globaliseerung un daröver, dat de Regionen ehre Identitäten verleert, wiel allens överall in de Welt ümmer lieker un eenheitlicher warrt, un ant End schnackt se överall blots noch Engelsch un nix anners mehr. Sogor in Frankriek köönt se intwüschen Engelsch un schnackt dat friwillig mit di, wenn se markt, dat dat mit dien Französisch nix warrt. Heff ik jüst utprobeert, as ik mit mien Birte endlich in Paris weer, för veer Daag, ohn Köters, Köh un Kinner – ach, weer dat wunnerschöön. Aver dat is een anner Geschicht. Jedenfalls: Dat Engelsche ümmer un överall kann ok op de Nerven fallen, un manch een jammert, dat all de anner Spraken an den Rand drängt warrt oder ganz ünnern Disch fallt, un veel darvun stimmt ok, aver ik mach dor nich mitjammern. Dat is mi to eenfach.
Nee, ik kiek lever anners langs, darhin, wo de Veelfalt blöht. Süh, mien Fründ Redlef, de is Schapsbuer an de Nordsee, op Eiderstedt. He schnackt ok Engelsch, ja, aver ok Dänisch, Freesch, Platt- un Hoch-

düütsch. Sien Fru Monika, de hett he bit Studeeren in Hessen kennenlehrt, de kümmt ut Baden in Süddütschland, een Gegend, wo se seggt: »Wir können alles außer Hochdeutsch!«. As Monika nu bi Redlef an de Nordsee op den Hof trocken is, geev dat een grotet Problem: Redlef sien för Hütezwecke utbildte Bordercollie kunn mit Monika ehr Badisch nix anfangen, wiel he blots op freesche Kommandos reageer. Also müss Monika ut Baden in Schleswig-Holsteen as eerstet Freesch lernen, darmit de Hund vun de Nordsee begreep, wat se vun em wull.
Süh, so kann dat gahn. So warrt dat wat mit de Eenfalt un de Veelfalt, un ant End is allens goot, wenn de Köter di versteiht un dat deit, wat du em seggst.

Rotwien

Eegentlich bün ik ja so een Typ; ik mach meist allens an Eeten un Drinken, wat dat gifft. Mit een Utnahm: Rotwien. Is wohr, dar kanns mi mit jogen.
Un ji köönt mi glöven: ik heff dat probeert. Veele Lüüd schnackt ja so kloog un begeistert vun Rotwien, dar heff ik dacht, mit mi stimmt wat nich. Aver egol, wat förn Rotwien, egol wann, egol, of kolt oder hitt, dröög oder halvdröög oder lieblich: ik koom dar nich gegenan.
Komisch blots, dat ik meist jede Week tominnst twee Buddeln Rotwien schenkt krieg. Meist jedet Mol nah'n Optritt warrt mi nich blots dat Kuvert mit dat Honorar tosteken, nee, dat gifft noch een Buddel Rotwien darto. De Lüüd denkt woll: Oh, de Buer, wenn he in sien Stuuv sitt un schrifft, bruukt he för de Inspiration wist een goden Schluck Rotwien. Aver de Buer drinkt blots Tee oder Kaffee, wenn he schrifft. Vun Alkohol warrt he blots mööd. Un nich berauscht, sünnern blots breet. Un breet hett noch keeneen een gode Geschicht schreven. Also verschenk ik den Rotwien jümmer an Lüüd,

vun de ik weet, dat se mi mol vertellt hebbt, dat se Rotwien möögt.

Aver nu glööv ik, dat gifft gor keen Lüüd, de Rotwien möögt. Rotwien warrt blots jümmer wieder verschenkt. »Een lütt Mitbringsel, wo wi hüüt avend inlaadt sünd? Ach, laat uns de Buddel Rotwien mitnehmen, de wi nülichs kregen hebbt! Wi drinkt ehr doch nich!« So geiht dat jümmer rund!

Wo ik dat vun weet? Vör twee Johr oder so, dar heff ik mien besten Fründ Dieter een Buddel mitgeven, de weer besünners schmückt; ik harr ehr vun een Landfruunvereen kregen un de Vörsittersch harr een Bastelfimmel hatt. Un Dieter schnackt jümmer darvun, wo schöön dat avends is, Kamin an, Buddel Rotwien an Hals – dar hett he de Buddel vun mi kregen. Aver Dieter hett de Buddel wieder geven, as he inlaadt weer, un de hebbt de Buddel wieder geven, as se inlaadt weern, un de hebbt de Buddel wieder geven un so wieder un so wieder. Nu, nah düsse lange Tiet, is de Buddel wedder bi mi ankomen, original bastelfimmelverpackt.

As bi son Tickerspeel geiht dat jümmer wieder, un wokeen de Buddel toletzt hett, de hett verloren. So geiht dat mit all de Rotwienbuddels in de Welt. De warrt nich utsopen, de warrt wieder geven.

Een Glück, hüüt avend droop ik Dieter. Denn warr ik de Buddel endlich wedder los. Dieter sitt doch so gern vör sien Kamin, Buddel Rotwien an Hals. Hüüt avend warr ik em een schöne Freud moken, un denn bün ik den Ticker wedder los.

Spreekwöör

Dat gifft jo Spreekwöör, de stimmt, un dat gifft Spreekwöör, de stimmt nich.
Stimmen deit ton Bispeel dat Spreekwort, dat dat Brötchen ümmer op de beschmerte Siet fallt. Dat hangt aver mit de Högde vun de Dische tosamen; dat hebbt amerikanische Wetenschaftlers rutfunnen. Son normalen Eetdisch is achtig Zentimeter hoch. Wenn dat Brötchen dar rünnerkippt, denn dreiht sik dat bit Rünnerfallen blots eenmol op de anner Siet, vör dat landt. Weern unse Dischen een Meter sösstig hoch, dat hebbt de Wetenschaftlers utprobeert, denn wörrn veele Brötchen op de richtige Siet landen, wiel se mehr Strecke harrn, üm sik nochmol to dreihn. Also, wenn ji nich wüllt, dat dat Brötchen op de beschmerte Siet fallt, denn mööt ji joe Eetdischen op hoge Klötze stellen. Achtig Zentimeter höger, un dat Drama hett een End.
Een anner Spreekwort seggt, dat een Fru twüschen dat tweete un dat drütte Kind an'n schönsten is. Lüüd, glöövt dat nich, dat is Quatsch. Mien Fru is schöön, würklich, ik mach ehr richtig geern lieden,

un oftins fraag ik mi, wo ik unförmigen Kerdl ehr mit verdeent heff. Süh, aver Birte un ik, wi hebbt fief Kinner. Toerst keem Marie, un eendreeviertel Johr darnah keemen Nora un Peer, de Twillinge, in Afstand vun ölben Minuten. Wörr dat Spreekwort stimmen, denn weer Birte an schönsten an 8. April 1995, nahmeddags twüschen dreeuntwintig nah twee un veer Minuten nah halvig dree. Ik weer darbi, un eens kann ik seggen: dat weern definitiv nich düsse ölven Minuten, in de Birte an schönsten weer.
In Wohrheit warrt se jümmer schöner. Jeden Dag.

Erich un Erwin

Mien Naver Erich is doot. Nah lange Tiet vun Krankheit un Qual weer dat nu noog, un he is int Öller von achtig Johren för ümmer inschlopen. En warrt em nu nich mehr sehn, wo he mit sien Elektro-Rollstohl dörch uns Dörp föhrt. Bit nu hett 'n em oftins dropen; jümmer weer he ünnerwegens. OKF, as mien Fietzen seggt: Ortskontrollfahrt. Nix is em entgahn; he wüss över allens Bescheed. Sien Elektro-Rollstohl weer teemlich geländegängig; Erich much geern to de Koppeln föhren, wenn de Buern ant Arbeiden weern. Denn stünn he dar un keek to, un wenn dar noch een keem, denn weer Erich de beste Klookschnacker överhaupt. Eenmol, letzt Johr, geev dat sogor een Füerwehrinsatz wegen Erich. He wull op Depenau bit Döschen tokieken un weer op den Weg dorhin mit sien Rollstohl in Graven föhrt. Dar leeg he denn un keem nich mehr hoch. Avends harr sien Fru em as vermisst meldt. Denn is de Füerwehr utrückt un hett Erich söcht. Funnen hett em aver de Depenauer Jäger, de sik wunner, wat för een Wildschwien dar in Graven üm Hölp reep. Dat weer nochmol goot utgahn, un ok ik heff Erich mol holpen, as he sik in Ies un Schnee fastföhrt harr. He wull mien Öllern besöken, un denn leeg he in Schnee un hett mien Mudder ropen: »Thea! Thea!« Ik heff dat höört un sä: »Erich, ik heet twars nich Thea, aver ik hölp di liekers...«

Nu is Erich also doot. He weer keen eenfachen Minschen; mit sien Geschwister harr he sik vertörnt. Erich harr een Twillingsbroder, Erwin. Denn heff ik nienich kennen lehrt, aver all de Lüüd hebbt mi seggt, he sehg jüst so ut as Erich un weer ok jüst so. Över twintig Johr harrn de beiden nich tosamen schnackt. An 3. Januar 2012 sünd se achtig worrn. Se weern beide oolt un krank, un an ehrn Geburtsdag hett Erwin Erich anropen un em graleert. Se hebbt een beten schnackt un sik versproken, dat se sik mol besöken wullen.

Darto is dat nich mehr komen. Erwin bleev int Fröhjohr doot, un nu, even vör sien 81. Geburtsdag, is ok Erich storven. Ik glööv dar jo nich an, aver villich dreept se sik jo nu jichtenswo. En kann ehr dat blots wünschen. Villich is dat noch nich to laat. Villich is dat nie to laat.

Aver as ik al seggt heff: Ik glööv dar nich an.

Mien Unkels

Ik heff dree echte Unkels. Unkel Hermann, mien Vadders Broder. Un Unkel Kalli un Unkel Otto, mien Mudders Bröder.

Unkel Hermann is noch een beten lütter as mien Vadder. Keen Wunner, he is ja ok een poor Johr jünger. Jedeen Mol, wenn ik em seh, erkenn ik mien Omas Gesicht in em. Dat is schöön. Ik harr Oma richtig leev.

Unkel Hermann un Tante Adele, sien Fru, hebbt veer Jungs, miene Vettern Klaus, Dieter, Michael un Arnd. Fröher hebbt wi op Familienfiern jümmer mit ehr speelt, un wiel dat to lang weer, jümmers Klaus, Dieter, Michael un Arnd to seggen, hebbt mien Broder un ik ehr jümmer blots de »Daltons« nöhmt. Wi hebbt jümmer veel dumm Tüüg mit ehr mookt, un dumm Tüüg moken mookt Spoß. Dat hett ok Unkel Hermann funnen, wenn he mol een oder ok twee toveel drunken harr. Eenmol, dat weet ik noch as hüüt, dar harr mien Vadder Geburtsdag, un Unkel Hermann weer ganz lustig. As siene Familie los föhren wull – de Jungs seten al achter binnen un Tante

Adele achtert Stüer – dar sabbel un lach Unkel Hermann noch un hett sik bi't Instiegen den Kopp an de Autodöör stött. Dat sehg to un to drullig ut; ik müss lachen. Unkel Hermann lach ok, hett sik freut, datt ik mi freu, steeg nochmol ut un denn nochmol in un stööt sik afsichtlich nochmol den Kopp, blots, darmit ik wieder lachen schull. Tante Adele füng al an to schimpen, aver Unkel Hermann un ik, wi lachen uns an. Blots eene lütte Episode, aver ik heff dat nich vergeten. Un ik bün jümmer un warr jümmer neidisch ween op Unkel Hermann, mien Leven lang; denn he hett Anfang vun de sösstiger Johren in Hamborg arbeit un mit een poor Kollegen de Beatles live sehn, op St.Pauli. Oh, wenn he mi doch mitnohmen harr, ik weer so glücklich west – aver dar weer ik noch een Poch in Diek.
Unkel Kalli weer deölltste Broder vun mien Mudder. He höös Karl-Friedrich, aver in de Familie wörr he blots Kalli nöhmt. Int Dörp aver höös he Karl-Frie. Un dat weer he: frie. He harr keen Fru, un he weer recht egen. Örntli wat sparsam, meist giezig. He weer ok Jäger, un mien Vadder hett mi vertellt, dat Kalli, wenn he Kaninken scheeten wull, solang töövt hett, bit twee Kaninken achternanner stünnen, so dat he twee Stück mit een Schuss scheeten kunn. Wenn dat *Sonderangebote* geev – »Abgabe nur in haushaltsüblichen Mengen« – denn, so geiht dat Gerücht üm, güng Kalli eenmol rin, köffte, wat he dörpte, güng

rut, trock sik wat anners an un güng nochmol rin, un denn nochmol un nochmol. He harr veer Jacken un veer Mützen. Sien Keller weer vull mit Schnaps un Wien. Ahn Utnahm *Sonderangebotsware.*
Een Tiet lang, as dat in bestimmte Schokoladen Footballbiller geev, dar hett he mien Broder un mi ümmer Schokoladentofeln mitbröcht. Eenmol heff ik Zartbitter kregen, dar weer ik söss Johr oolt, un ik heff seggt, dat ik dat nich mag. Ik heff nie wedder een Schokolaad vun em kregen. He weer nich böös mit mi, aver in de Saak weer he beleidigt, bit he doot bleev. Un leider bleev he fröh doot, mit 52. He harr Krebs. Buukspiekeldrüsenkrebs. In August hett he noch Raps drillt, nächsten Dag güng he int Krankenhus, üm sik ünnersöken to laten. He harr ümmer son Wehdag. He is nich wedder ut de Klinik rutkomen. Toerst, as in Supermarkt nevenan Orangensaft in Angebot weer, is he noch röverlopen, üm wat to holen, darmit he sien Besöök wat anbeden kunn. Aver dat wörr bald leger mit em. Se hebbt em darmols nich vertellt, wo dat üm em stünn. Jichtenswann hebbt mien Öllern to mi seggt, wenn ik Unkel Kalli noch mol sehn wull, denn müss ik mit int Krankenhus komen. Dar leeg he, ganz moger un lütt. Af un to krümm he sik vör Pien. He weer schwach un he zitter. Mien Vadder müss em raseeren. Kalli sä: »Hannes, nächstet Mol mook ik dat wedder sülven. Dat geiht bargop!« Un ik seet darbi un ik wüss, dat wörr

anners komen. Een poor Daag later weer he doot, merrn in Oktober. Ik weer veerteihn, un as mien Mudder, de em düchdig leev harr, an Kalli sien Graff stünn, is se tosamenbroken un reep: »Kalli, wi vergeet di nich!« Un se ween un se sabber. Darnah is se dat erste Mol depressiv worrn.

Un denn is dor noch Unkel Otto, de is Autoschlossermeister. Över veertig Johr harr he in Kiel een lütte Autowarksteed, toerst mit een Tanksteed darbi. He möök de Autos heil, un mien Tant Siggi hett in de Tanksteed Sprit verköfft un de Bookführung mookt. Aver eegentli is Siggi gar nich mien Tant. Ik meen, se is siet veertig Johr mit Otto tosamen, aver se is ümmer noch verheirat. Se hett eenen Mann, Helmut, un eenen Fründ, Otto. Dat is komplizeert, aver dat funktioneert, siet veertig Johr, un all hebbt sik darmit arrangiert. As mien Öllern nülichs Golden Hochtiet harrn, dar hett Siggis Mann Helmut Siggi un ehrn Fründ Otto nah de Fier hinföhrt un later wedder afhoolt, dat se schöön tosamen fiern un een beten wat drinken kunnen. Wat schall ik seggen: Dat is mien Familie, schöön bunt un kurvig. Nich liekut, blots nich liekut. Un dat is goot, so as dat is.

Mien Öllern un ik, wi weern oftins bi Otto un Siggi in de Warksteed, as ik een Kind weer. Dar weer jümmer veel los. Dat weer nich blots Warksteed un Tanksteed, dat weer ok Stadtdeelzentrum, Kiosk, Iescafé un Kneipe. Otto weer in de Warksteed un reparier Autos, un Siggi seet, ümmer fröhlich – wenn se Sorgen harr, hett se sik dat nich anmarken laten – Siggi seet in de Tanksteed un schenk Beer ut, verköffte Naschies an de Kinner ut den Stadtdeel: »Na, Schätzchen, was kriegst du denn?« un harr all de Lüüd ünner ehr Fittiche, as een Ersatzmudder för all de, de keeneen harrn, de över weern.

Ok Otto weer ümmer fröhlich – wenn he Sorgen harr, hett he sik dat nich anmarken laten – un he harr jümmer schmeerige Hannen. Wiel Otto jümmers an Motoren rümarbeit hett, dach ik as Kind, Ottomotoren hebbt Ottomotoren heten, wiel Otto ehr tosamenklüstert harr. Un in sien Tanksteed kunn man Ottokraftstoff köpen, logisch, weer ja Otto sien Tanksteed. Lange Tiet heff ik mi överleggt, of dat Beer, dat Siggi in de Tanksteed verkööp, villich Siggikraftstoff weer. So geev dat also Ottokraftstoff un Siggikraftstoff. Blots Siggimotoren, de geev dat nich.

Hüüt sünd se beide över söventig, Siggi un Otto. Se sünd ümmer noch tosamen, un Siggi is ümmer noch verheiraat. De Warksteed steiht nu leddig un schall afreten warrn; se harr blots Bestandsschutz, bit Otto fiefunsösstig wörr. Aver Otto repareert jümmer noch Ottomotoren in den Schuppen achter sien Hus. Un bi Siggi vörn int Hus kanns Beer köpen, wenn du dat wullt. Dat gifft Saken, de ännert sik nie. Un ok dat is goot, so as dat is.